PERRO ÉDITEUR
395, avenue de la Station, C.P. 8
Shawinigan (Québec) G9N 6T8
www.perroediteur.com

DISTRIBUTION : Les messageries ADP
2315, rue de la Province
Longueuil (Québec) J4G 1G4
www.messageries-adp.com

IMPRESSION: Marquis Gagné
750, rue Deveault
Louiseville (Québec) J5V 3C2
www.marquisimprimeur.com

Illustration de la couverture : Audrey Boilard
Infographie : Jean-François Gosselin
Révision : Caroline Hugny

Dépôts légaux : 2013
Bibliothèque et Archives nationales du Québec
Bibliothèque nationale du Canada
ISBN 978-2-923995-11-3

Imprimé au Canada

LINDA CORBO

LAURA ST-PIERRE

JOURNALISTE D'ENQUÊTE

PERRO
éditeur

À Stéphane,
mon plus grand complice

PREMIÈRE PARTIE

«Attention je vous prie, Laura St-Pierre est demandée à la réception. Laura St-Pierre...»

La voix de la réceptionniste scandant mon nom avait retenti partout dans les haut-parleurs de mon école, par-dessus le brouhaha qui régnait dans le vestiaire du gymnase où j'avais trouvé refuge pour réfléchir un peu.

Ma matinée en classe avait été désastreuse. Je n'arrivais pas à m'enlever de la tête l'entrevue que j'avais passée, à 8 h 15, avec Richard Dunn, le directeur du nouveau journal étudiant. On venait de créer ce journal au sein de notre école secondaire de Belmont et on y recrutait quatre journalistes. Si j'en jugeais par ma piètre performance en entrevue, mon rêve se dirigeait toutefois vers un échec. Et je n'avais guère le goût d'en parler, pas même avec ma meilleure amie Zoé.

Pour éviter de la rencontrer, j'avais filé à la bibliothèque à la pause de 10 h 15 et j'avais mangé mon lunch dans le vestiaire du gymnase ce midi, en silence, mon cellulaire fermé. Mais en entendant l'annonce, je compris que Zoé avait vraisemblablement pris les grands moyens...

Je me résignai donc à allumer mon téléphone et je lui fis parvenir un bref texto :

« N'appelle pas la police, surtout… »

Sa réponse arriva dans la seconde :

« Laura, enfin ! T'es où ??? Et comment as-tu deviné que c'était moi ? »

Qui d'autre…

« Il n'y a que toi pour faire croire à la réceptionniste à une urgence… Je suis au gym, mais ce n'est pas la peine d'y venir. Je me rends… Je me dirige vers la salle des pas perdus. »

Visiblement, l'heure était venue de lui raconter cette entrevue qui avait anéanti mes espoirs. Je m'étais préparée, pourtant…

Le matin, la veille et l'avant-veille, j'avais répété et répété le court exposé que j'avais préparé pour le directeur de ce futur journal au cas où, par malheur, il aurait prévu me questionner sur les raisons qui m'incitaient à y convoiter un poste. Ce qui était d'autant plus intéressant, c'est qu'il s'agissait en fait d'une section de huit pages, écrite par les élèves, qui serait intégrée au journal local *Le Courrier Belmont*, chaque samedi.

« Un essai », disait l'annonce sur le babillard du hall d'entrée de mon école, que j'avais ramassée trois jours plus tôt. On y indiquait qu'il s'agissait d'une initiative de la part de la direction qui souhaitait, ainsi, attiser la curiosité des élèves et de la population en général sur la communauté estudiantine. Ils avaient bien écrit « communauté estudiantine », comme si on allait s'identifier à ce terme curieux, mais bon.

Ma main avait tremblé légèrement en remettant mon formulaire d'inscription à M. Dunn, l'homme sans sourire aux lunettes bleues qui m'avait reçue ce matin-là dans son bureau, assis dos droit sur sa grande chaise noire.

Quatre postes étaient en jeu. Deux d'entre eux étaient réservés aux élèves de cinquième secondaire alors que deux autres me laissaient une chance puisqu'ils visaient mon niveau, la quatrième secondaire. J'en voulais un. Férocement.

L'autre bonne nouvelle, c'est que les professeurs de français encourageaient cette avenue. Ils acceptaient même de permettre aux apprentis journalistes qui seraient choisis de présenter leurs articles comme travail de session, au lieu de la composition qu'auraient à écrire les autres élèves au cours de l'année.

La direction de mon école était pleine de bonnes intentions comme ça. Celle-ci croyait qu'en nous proposant des activités « formatrices », elle parviendrait peut-être à enrayer les nombreux problèmes qui sévissaient dans les coulisses de nos salles de classe. Et il y en avait plusieurs. Drogue, rudesse, intimidation, décrochage. Il y avait même eu un suicide l'année dernière. C'est dire le nombre de sujets d'articles possibles, sans compter les milieux artistique et sportif.

Ce matin, je m'étais donc levée plus tôt qu'à l'habitude et j'avais essayé de dompter ma crinière brun foncé en lui imposant une longue tresse de côté. J'avais même exceptionnellement tenté de faire ressortir mes yeux gris par un trait de crayon, dans l'espoir de me donner une allure un peu plus « professionnelle ».

J'avais quitté la maison d'avance pour me présenter à l'entrevue un quart d'heure avant le début des cours et j'avais nerveusement gagné le troisième étage de mon école, celui réservé à la direction. Murs gris, plancher vernis, l'endroit était feutré, diablement tranquille comparativement au boucan qui sévissait ailleurs.

Mes pas avaient résonné dans le long corridor avant d'atteindre le bureau du directeur. Plus j'avançais, plus mon cœur s'emballait pendant que je songeais à la liste des sujets que j'avais prévu lui présenter pour de futurs articles. Mais surtout, j'avais répété mon exposé servant à lui démontrer à quel point je désirais ce poste.

Je le désirais trop, en fait. Je m'en rendais bien compte maintenant que je voyais ma main trembler.

Sans sourire derrière ses lunettes bleues, l'homme avait fait mine de ne rien remarquer et avait levé un œil inquisiteur sur moi.

– Laura St-Pierre, avait-il lu à voix haute, avant de me désigner une pile de formulaires qui reposait sur son bureau, à travers d'autres pyramides de papier, dans un fouillis impressionnant. Pourquoi, selon vous, devrais-je retenir votre candidature parmi toutes celles que j'ai reçues ?

Malheureusement, rien ne s'était passé comme je l'avais imaginé. De ma bouche, les mots sortaient de manière désordonnée et ne m'obéissaient plus.

J'avais bafouillé, cafouillé, hésité, buté sur un mot. Sur plusieurs, en fait.

– Mon exposé a été un exercice lamentable, Zoé, déclarai-je à mon amie une fois rendue à la salle des pas perdus, en m'effondrant sur un banc à ses côtés.

– Ça ne se peut pas, Laura… Tu es la meilleure en français. Ton dossier scolaire est impeccable. Et tout le monde sait que tu es génétiquement faite pour devenir journaliste !

– Tout le monde, c'est toi ça ?

– Parfaitement, scanda-t-elle, le plus sérieusement du monde.

– Désolée de te décevoir, mais je crois bien que j'ai raté ma première chance professionnelle, Zoé. Voilà ce qui est arrivé ce matin.

J'ai eu beau tout lui raconter dans les détails, mon amie refusait d'en arriver au verdict que je lui soumettais.

– Mon petit doigt me dit que les choses n'ont pas été aussi terribles que tu l'imagines… Et tu connais mon petit doigt ? Il ne me ment pas souvent.

Or, il ne l'avait pas trahie cette fois non plus. Deux jours plus tard, en me tendant le combiné du téléphone, ma mère esquissa un sourire en coin qui sema un doute dans mon esprit.

– Pour toi, Laura, chantonnait-elle.

C'est avec stupéfaction que j'entendis alors la voix de Richard Dunn m'annoncer que je débutais dans mes nouvelles fonctions le lundi suivant, 28 octobre. Il me suggéra même de réfléchir à un dossier qui pourrait retenir mon attention pour commencer.

– Mais on s'en reparle lundi, lors de notre première réunion. Je vous attendrai à 16 h 30 à mon bureau, après les classes, dit-il. Je vous présenterai alors vos nouveaux collègues et je vous préciserai ce que j'attends de vous.

En écoutant béatement le silence au bout du fil, je réalisai qu'il me fallait maintenant répondre. Quelque chose.

– J'y serai, bredouillai-je, d'une voix à peine audible. Merci. Vous ne le regretterez pas, me repris-je plus fermement.

En raccrochant, j'avais cette fois l'impression d'avoir répondu ce qui se devait, malgré une économie de mots plutôt désolante de la part d'une future journaliste…

Rien ne m'avait toutefois préparée au premier fait divers qui se présenta à moi ce jour-là.

Lundi 28 octobre, 11 h 15

C'est par texto que Zoé m'informa de l'évé-
nement qui venait de secouer la «communauté
estudiantine». Je quittai aussitôt l'école au pas
de course jusqu'à en perdre haleine. Le véhicule
de police qui me dépassa sur la route, et qui se
dirigeait probablement au même endroit que
moi, ne fit d'ailleurs qu'amplifier mon état de
panique. J'étais en sueur au moment d'arriver sur
les lieux. Il s'agissait d'une rue banale, à deux pas
de l'autoroute, bordée de gigantesques arbres.

Sur place, yeux plissés au maximum de mes
capacités pour m'assurer que mon champ de
vision était conforme à la réalité, j'avais peine à
croire à la scène qui se déroulait devant moi.

Partout, des gens étaient massés le long de
cette route barrée par des policiers et des pompiers. Selon ce que j'entendais dans le murmure
ambiant, on estimait que le gamin était juché à
cinquante pieds, une hauteur que je n'arrivais pas
à calculer moi-même. J'aurais toutefois pu compter
précisément les battements de mon cœur à la
minute, tellement ceux-ci créaient un tumulte à
l'intérieur de moi.

À cinquante pieds, l'ombre qui se dessinait
dans l'arbre immense portait bien le manteau
rouge de Simon. Une autre minute s'écoula avant
que mes esprits se replacent et que la réalité me
frappe. Fort. C'était bien lui. Minuscule oiseau
effarouché sur la branche. Simon.

Je ne sais pas si c'est la peur ou la peine qui m'envahit d'un bloc, qui embruma ma vue et qui accentua le vrombissement sourd du vacarme qui se déroulait autour de moi. Toujours est-il qu'à ce moment précis, je commençais à peine à réaliser que l'homme vêtu d'un long uniforme, à mes côtés, prononçait bel et bien mon prénom. Et qu'il le répétait depuis un petit moment déjà.

Il aura fallu que ce policier touche mon bras pour qu'en un sursaut, je sorte de ma torpeur.

– Laura St-Pierre, il est important que je vous parle. Maintenant.

– Je suis là.

C'est la seule chose que je parvins à articuler, mais d'une voix étouffée, que je ne reconnaissais pas moi-même.

– Mademoiselle, est-ce bien votre frère, le garçon qui est là-haut ?

– Oui.

– On m'a informé que ce jeune homme répond au nom de Simon Duvallier. C'est votre demi-frère ?

– C'est mon frère en entier. Mes parents l'ont adopté il y a six ans.

Commenter la structure de notre famille au beau milieu de cette scène m'apparaissait sordide. Alors je tentai de faire mieux.

– Allez le chercher, je vous en prie, ajoutai-je avant qu'un flot de sanglots m'étrangle. Un tsunami.

Lorsque je retrouvai un brin mes esprits, je ne me souvenais aucunement des pas que j'avais visiblement effectués jusqu'au véhicule des policiers. Prise en souricière sur la froide banquette arrière, je fus prise de panique en ne voyant plus Simon.

– Ne vous inquiétez pas, nous l'avons à l'œil, tenta de me rassurer maladroitement l'agent assis à mes côtés pendant que, sur le siège avant, côté conducteur, son collègue prenait des notes de manière compulsive.

– Nous devons savoir où sont vos parents maintenant, ajouta mon voisin. Il n'y a aucune réponse à votre domicile.

– Mon père est à Baie-Murphy, il préside un congrès là-bas. Et ma mère est… là, dis-je en la désignant.

Lison m'était apparue comme un mirage. Au loin, derrière les barricades qui avaient été érigées, ma mère venait de sortir de son véhicule, un air ahuri flanqué au visage, avançant à tâtons, les yeux rivés au ciel, la bouche semi-ouverte, résultat d'une mâchoire qui avait vraisemblablement déclaré forfait.

Le policier-rédacteur-de-notes-compulsif claqua la portière aussitôt pour se diriger à sa rencontre. C'est en le suivant du regard que j'analysai enfin le paysage qui se dépeignait sous mes yeux.

Ici, un caméraman qui ajustait son appareil. Là, une journaliste à l'allure fébrile faisant les cent pas, micro à la main. Au loin, des grues qui constituaient un attirail impressionnant pour tenter d'approcher mon frère. Et derrière le barrage policier, une pléiade d'enfants de douze ou treize ans massés le long de la route. Sans doute d'autres élèves de la classe de Simon, qui semblaient jacasser sans arrêt. Enfin, plusieurs adultes que je ne reconnaissais pas. Et des policiers et des pompiers qui s'affairaient dans un tourbillon désorganisé.

– Qu'est-il arrivé, au juste ? demandai-je.

Désormais, c'est moi qui poserais les questions.

– De ce que nous savons, votre frère a quitté l'école vers 10 h 15, pendant la récréation, en courant. Un membre de la direction a tenté de le rattraper, l'a suivi en voiture pendant dix minutes avant de le perdre de vue. Quand nous avons reçu l'appel d'un homme du voisinage, il avait déjà grimpé à cet arbre et ne semblait pas vouloir s'arrêter. Nous avons tenté de le convaincre de redescendre calmement mais, jusqu'à présent, il ne veut rien entendre.

Non seulement le récit du policier semblait sorti d'un scénario invraisemblable, mais voilà qu'à quelques mètres, on tendait désormais un porte-voix à maman, qui essaierait visiblement d'interpeller Simon.

– Que fait ma mère, là ? m'enquis-je.

– Nous allons prendre tous les moyens pour tenter de ramener votre frère à la raison. Maintenant, dites-moi. Est-ce que Simon s'est confié à vous ? Avez-vous une idée de ce qui l'a poussé à grimper à cet arbre ? De ce qu'il aurait à dénoncer ou de ce qui pourrait le convaincre de nous écouter ?

– Simon a onze ans... Je ne crois pas qu'il veuille dénoncer quoique ce soit. En fait, je n'ai aucune idée de ce qui lui est passé par la tête. Il voulait peut-être se sauver, se cacher, avoir la paix... Mais je peux me tromper...

Le cas Simon

Simon est devenu mon frère à l'âge de cinq ans. J'en avais neuf. Cependant, je me souviens très bien de son arrivée chez nous.

Thomas, mon frère jumeau, et moi, avions été préparés à sa venue. Mais lorsque Simon arriva dans notre salon pour la première fois, nous avons tout de même été frappés par sa délicatesse et par son calme.

Dès les premiers instants où je posai les yeux sur ce gamin aux cheveux beaucoup trop noirs pour sa peau blême et aux yeux aussi foncés que ténébreux, je sus que je l'avais moi-même adopté.

Mes parents en étaient à leur première tentative comme famille d'accueil. Une idée de ma mère, qui avait côtoyé Simon à l'Hôpital St.Charles où elle gère la fondation de l'institution.

Simon y avait passé de longs mois pour des problèmes de dos qui avaient nécessité quelques opérations et qui le faisaient terriblement souffrir à cette époque. Mais la douleur physique n'était rien en comparaison du mal qui le rongeait de l'intérieur. Sa mère n'avait aucune idée de l'identité de son père. Une grande déception pour lui. Or, depuis que cette dernière avait abruptement perdu son emploi et avait sombré dans l'alcool et la drogue, sa situation familiale était devenue désastreuse.

Cette année-là, les choses avaient été telles que les autorités furent forcées de lui trouver une famille d'accueil. Mes parents avaient travaillé fort pour parvenir à l'accueillir à la maison.

Depuis, les deux s'obstinaient à lui donner de leur temps et de leur amour, deux ingrédients gratuits dont ils disposaient, disaient-ils, et qu'ils jugeaient essentiel de partager.

Simon avait toutefois deux problèmes de taille, le premier étant justement que sa taille ne changeait guère avec les années, faisant immanquablement de lui le plus petit homme de toutes ses classes. Alors que tous ses amis avaient gagné de précieux centimètres autour de lui à chaque début d'année scolaire, Simon demeurait de la même grandeur que l'année précédente, créant chez lui un sentiment de devoir être protégé, sentiment que je me hâtais de colmater d'ailleurs.

Le deuxième problème relevait de sa mère biologique qui, avant de l'abandonner, avait visiblement tenté de lui inculquer une pseudo-éducation... Parmi les conseils qu'elle lui avait donnés, elle l'avait notamment sommé de ne jamais mentir.

Simon avait retenu cette leçon comme un héritage maternel à ne trahir sous aucune considération. Je dirais même qu'il en avait fait carrément un mode de vie. Ce qui lui avait causé beaucoup d'ennuis.

À cinq ans déjà, il clamait sans réserve toute vérité qu'il jugeait bon de partager avec autrui. Et il y en avait trop. À onze ans, malgré toutes les réprimandes et les retenues dont il avait écopé en vertu de cet embêtant code d'honneur, il n'avait jamais abdiqué.

Pour plusieurs, Simon était donc perçu comme un petit arrogant, voire même un irritant au sein d'un groupe. Il est vrai qu'il pouvait être terriblement blessant. J'y avais moi-même goûté en certaines occasions. Mais en dehors de cette manie de vérité-à-tout-prix, il portait en lui une telle douceur et une telle absence de malice qu'il en était tout bonnement attendrissant.

Il n'en demeure pas moins qu'il était hors-norme. Différent. À l'école primaire, il s'en était sorti tant bien que mal, aidé par des professeurs compréhensifs et un dossier scolaire exemplaire. Tellement qu'on lui avait fait sauter sa cinquième année et qu'il était désormais le cadet de sa classe. Une autre situation qui n'était pas idéale dans son cas, disons. Or, tout s'était compliqué il y a deux mois, lors de son entrée à notre école secondaire.

Les classes avaient débuté le 4 septembre et déjà, au 1er octobre, ma mère avait noté que ses fabuleuses notes avaient sérieusement dégringolé. Depuis quelque temps, j'avais de mon côté remarqué que ma relation avec lui était... différente. Nos conversations devenaient de plus en plus brèves. En fait, il ne me parlait presque plus.

Toutes ces années, il m'avait confié sans gêne aussi bien ses peines que ses frustrations. Mais ces derniers temps, il s'était emmuré dans un silence d'autant plus inquiétant que ce trait de caractère ne lui ressemblait guère. J'aurais dû insister.

De toute évidence, il était un peu tard pour les regrets. Ce matin-là, les choses semblaient s'être envenimées dangereusement.

Lundi 28 octobre, 11 h 25

– Mais qu'est-ce qu'il lui a pris, bon sang?

D'ordinaire douce et pacifique, ma mère avait cette fois dans la voix une impatience qui n'était pas surprenante dans les circonstances, mais qui résonnait tout de même de manière étrange à mes oreilles.

Je venais de la rejoindre non loin de la « scène principale », mais je n'eus pas le temps de lui répondre. Une journaliste avait subtilement pris place à mes côtés et s'adressait désormais à ma mère.

– Madame St-Pierre, mon nom est Sandra Côté, journaliste au quotidien *La Nouvelle*. Désolée de vous déranger, mais j'aimerais simplement vous poser quelques petites questions.

– Je ne crois pas que ce soit le bon moment, mademoiselle.

La détermination du ton employé par ma mère et la froideur de son regard avaient fait comprendre à Sandra Côté qu'elle avait avantage à tourner les talons rapidement. Elle prit d'ailleurs la bonne décision en rebroussant chemin vers ce qui devait être son collègue photographe, à en juger par l'appareil qu'il tenait et qui faisait étrangement penser à une mitraillette. Autour d'eux, d'autres caméras de télévision semblaient s'être ajoutées. Même que l'une d'entre elles était dirigée droit sur nous.

Ma mère l'avait remarquée, elle aussi.

– Tu veux réellement exercer ce métier? fustigea-t-elle en me regardant droit dans les yeux.

Je ne sus absolument pas quoi lui répondre sinon un faible :

– M'man… s'il te plaît.

Cette fois, Lison était vraiment à côté de ses pompes. Je crois même que ses yeux étaient humides. De colère ou de peine, je n'aurais su le dire.

– Désolée poulette, se reprit-elle rapidement.

Je sentis mes nerfs se raidir un brin. J'haïssais profondément ce terme, aussi affectueux se voulait-il. Mais, bon. Aujourd'hui, l'heure était plutôt à la solidarité familiale.

Maman et moi, nos regards obstinément orientés vers le haut de cet arbre majestueux, avions trouvé le moyen de nous asseoir pour mieux nous tordre le cou et ne pas lâcher Simon de notre objectif. Quelqu'un, je ne pourrais dire qui, avait roulé vers nous une pièce de machinerie qui devait appartenir à l'un des nombreux engins qui continuaient à s'activer pendant que, dans les haut-parleurs, on entendait en continu un agent de police interpeller Simon. Sans résultat. Ma mère semblait réfléchir à voix haute maintenant.

– Il m'en avait parlé pourtant…

– Parlé de quoi ?

– Ce matin, au déjeuner, il m'a dit que c'était aujourd'hui qu'on choisissait les équipes de soccer de l'école. Il craignait de ne pas être accepté. Malgré sa grandeur, il s'obstinait à vouloir se tailler une place dans une équipe. Je lui ai suggéré d'opter pour les arts martiaux mais, devant son air décontenancé, j'ai fait soudainement la bêtise de lui dire que si c'était le soccer qu'il préférait, alors il devait tenter sa chance. Que sa vitesse pourrait sans doute être appréciée dans ce sport. Veux-tu bien me dire ce qui m'a pris ? Je ne m'y connais même pas !

– Tu étais dans un contexte délicat, là… Et Simon, il a dit autre chose ?

– Je pense que je ne lui en ai pas donné l'occasion. J'étais pressée. Je savais que son autobus était sur le point d'arriver au coin de la rue et je ne voulais surtout pas qu'il soit en retard. Alors, je l'ai pris dans mes bras et je l'ai serré fort en lui disant que tout irait bien. Tu parles s'il avait besoin d'entendre ça !

Ma mère n'était pas furieuse contre Simon. C'est à elle-même qu'elle s'en prenait. C'était bien elle.

Notre conversation prit fin abruptement quand une secousse se répandit à la grandeur de la foule, comme une cascade de frissons.

Du haut de son arbre, Simon avait probablement voulu changer de position et avait perdu pied avant de retrouver un semblant de stabilité, ses petites mains agrippées à une branche qui, ma foi, semblait tanguer elle aussi.

– Bon sang ! cria Lison en bondissant sur ses pieds en même temps que moi.

C'est la première fois que je vis ma mère éclater en sanglots. La deuxième fois en quelques jours que je sentis mon corps se mettre à trembler, tout entier maintenant. J'eus le réflexe de protéger ma mère en prenant sa main et en la tirant vers moi comme si, en l'espace d'une seconde, nos rôles s'étaient inversés.

Par bonheur, Simon avait repris place plus solidement, sembla-t-il. Les murmures avaient eux aussi baissé d'une octave. Le seul baume apaisant dans cette effervescence venait d'apparaître derrière les barricades, sous le profil de mon jumeau.

– Je crois que Thomas vient d'arriver, maman. C'est bien lui, là-bas ? dis-je en le pointant du doigt.

Sa main glissa de la mienne. Elle se détournât rapidement et m'emboîta le pas. Je la suivis.

Mais en voulant aller à la rencontre de Thomas, ma mère accéléra, et je dus en faire autant pour parvenir à la rejoindre. C'est alors que je notai que son pas était devenu chancelant, que son front était ruisselant, que sa peau avait blêmi de trois tons, et que ses genoux la lâchaient désormais.

Au moment où je la soutenais pour ne pas qu'elle tombe, les cris sortirent de ma bouche en cascade :

– S'il vous plaît ! Aidez-moi !

Je ne vis qu'une série d'uniformes accourir. Quelques policiers, deux pompiers et un ambulancier, je crois, qui somma tout le monde de reculer. Une fois, deux fois, trois fois avant de monter le ton.

– C'est un choc vagal. Ce n'est rien.

– Un quoi ? avait beuglé Thomas.

– Un choc vagal, une chute de pression si vous aimez mieux… Elle a juste besoin de s'étendre et d'avoir de l'air autour d'elle. Tassez-vous, que je vous dis. Vous êtes sourds ou quoi?

Cette fois, c'est à Thomas et moi qu'il s'adressait, tous les autres ayant écouté ses consignes du premier ou du deuxième coup alors que mon frère et moi étions paralysés sur place, les yeux accrochés à ceux, fermés, de Lison.

Lundi 28 octobre, 12 h 10

Dès que ma mère rouvrit les yeux, je levai les miens vers Simon et je vis les siens. Même à 50 pieds, je vis les deux billes noires exorbitées. Même à 50 pieds, je sentis son anxiété. Et je perçus la faille.

Maman reprenait tranquillement des couleurs et, visiblement confuse, elle se confondait en excuses. Thomas à ses côtés, je trouvai le courage de m'éloigner un peu et retournai voir mon policier.

– Je veux monter.

J'avais observé le pompier qui avait grimpé dans la grue, plus tôt. La nacelle s'était élevée jusqu'à ce qu'il atteigne à peu près la hauteur de Simon. Et je l'avais vu redescendre, trente minutes plus tard, l'air dépité. J'avais même lu sur ses lèvres : « Il ne m'a pas dit un seul mot… »

– Pas question, me répondit simplement monsieur l'agent… Sirois, pouvait-on lire sur son écusson de policier.

– Monsieur Sirois, je veux lui parler. Je peux trouver les mots. Il n'a rien dit au pompier, n'est-ce pas ?

– Pas un seul mot. Mon confrère a essayé la douceur, l'autorité, votre frère ne veut rien entendre. Il ne l'a pas même regardé.

– Il ne parlera pas. Simon peut être un garçon extrêmement buté par moments. Laissez-moi essayer.

– Je ne peux pas vous autoriser à monter. Ce n'est pas si sécuritaire que cela en a l'air. C'est trop dangereux.

– Parce que vous croyez qu'il n'y a pas de danger ici pour lui ? lançai-je.

À ma propre surprise, j'avais bêtement monté le ton pour atteindre une tonalité aiguë particulièrement agaçante.

– Mademoiselle. Je vais mettre ça sur le compte de la nervosité. Laissez-nous faire notre travail maintenant. Nous avons la situation bien en mains.

À ces mots, un nouveau murmure se leva et me laissa littéralement glacée sur place. Simon avait entrepris cette fois de s'asseoir sur sa fichue branche, ce qu'il avait maintenant réussi à faire. Du coup, il avait provoqué une onde de choc ici-bas. Même le policier à mes côtés s'était élancé vers l'arbre en le voyant, avant de crier à l'un de ses confrères :

– On remonte ! JE vais remonter !

Décidément, tout le monde était sur les dents. Et du monde, il y en avait de plus en plus, massé le long des barricades, à une vingtaine de pieds de nous, constatai-je en reprenant mon chemin vers Thomas et maman.

Je voulus jeter un coup d'œil furtif à la foule, mais mon regard resta accroché à quelques visages familiers qui s'étaient vraisemblablement ajoutés. On était sur l'heure du dîner, indiquait ma montre.

La première personne à retenir mon attention me fit du bien. Au tout premier rang, Zoé était là, et m'adressa un léger signe de la main, comme pour valider sa présence. À côté d'elle se trouvait Élise Summers, son professeur d'anglais. Et derrière elles, les dépassant d'une tête, il était là. Mon nouvel employeur, derrière ses lunettes bleues.

Misère.

Les minutes s'écoulaient beaucoup trop lentement.

Simon ne bougeait presque plus là-haut. Tellement que chez certains badauds, on semblait avoir oublié sa présence. Thomas avait épuisé son bagage de réconfort auprès de ma mère qui, désormais, demeurait pétrifiée, assise derrière le volant de son véhicule. Elle s'y était réfugiée après sa faiblesse et était désormais en grande discussion au cellulaire avec papa, m'avait avisé Thomas avant de rejoindre un professeur avec qui il semblait être plutôt en bons termes, à en juger par les discussions qui s'étiraient entre les deux gars.

Il y avait un moment déjà que j'avais retrouvé l'énorme rouleau qui nous servait de siège et que je m'y trouvais seule, assise avec mes pensées. Une solitude que je chérissais désormais, mais qui venait de se briser avec l'apparition, à mes côtés, d'une présence masculine.

– Salut, m'avait simplement avisé le gars avant de prendre place à proximité.

Par le biais de ma vision périphérique, je sus rapidement de qui il s'agissait en notant la mitraillette qu'il tenait entre ses mains. Le photographe de *La Nouvelle* n'avait toutefois pas ajouté un mot en réponse à mon silence obstiné, si bien qu'un malaise évident envahissait de plus en plus l'atmosphère.

Plusieurs minutes s'écoulèrent avant que je me décide à me tourner vers lui. Le jeune homme continuait toutefois à regarder fixement devant lui, ne faisant aucunement état de mon regard, qui devenait de plus en plus soutenu.

À vue de nez, il devait avoir vingt ou vingt-et-un ans. Cheveux mi-longs et raides, quoiqu'un peu en bataille, ils étaient d'une blondeur cendrée qui enveloppait son visage étroit d'un halo lumineux malgré son teint plutôt bronzé. Nez très droit, forte carrure du côté de la mâchoire et de longs cils pour adoucir son profil, force était d'avouer que mon intrus était doté d'une beauté brute assez singulière. L'impression avait beau être solide, elle s'évapora rapidement dans le tourbillon de mes pensées, dominées de nouveau par une colère sourde qui se matérialisa soudainement en bravade.

– J'espère que vous êtes conscient que si vous pointez cet engin sur ma famille, vous n'aurez plus assez de mains pour nous empêcher de le fracasser sur l'un de ces magnifiques arbres…

Mon doux propos le fit sourire.

– Ce n'est pas mon intention. Pour le moment du moins…, prit-il bien soin d'ajouter, avant de poser enfin ses yeux sur moi. Verts, les yeux.

Une fois de plus, la notion du temps s'échappa de mon esprit, si bien qu'il aurait été bien embêtant de quantifier les secondes ou les minutes qui s'écoulèrent avant qu'il brise enfin le nuage de brume qui semblait avoir enveloppé ce moment.

– Ian. Mon nom est Ian Mitchell, mais on m'appelle Mitch. Et toi?

– Laura. Et on m'appelle Laura.

Le sourire, le regard généreux, la timidité qui devenait évidente de son côté, je n'eus plus la force de me rebeller. Juste assez d'aplomb pour regarder bêtement la pointe de mes souliers, sans savoir quoi diable ajouter, sinon l'évidence.

– Tu es photographe à *La Nouvelle* ?

– Parfois. Je suis pigiste, en fait. Je collabore avec *La Nouvelle* quand je suis dans le coin mais, plus souvent qu'autrement, je fais des photos à l'extérieur pour certaines revues. Des magazines de plein-air souvent, mais surtout des magazines spécialisés qui s'adressent aux écologistes.

– Et aujourd'hui, tu donnes dans le plein-air ?

Décidément, la journée était en train de me transformer en chipie.

– Excuse-moi, je ne me sens pas très bien en ce moment, me repris-je.

– Inutile de t'excuser. Depuis ce midi que j'essaie de m'imaginer comment je pourrais me sentir s'il s'agissait de ma nièce. C'est ton frère, c'est ça ?

Devant mon air suspicieux, il ajouta :

– Tu n'as pas à t'inquiéter. Je ne suis pas journaliste et je ne jase pas beaucoup avec eux d'ailleurs, même pas celle avec qui je travaille aujourd'hui. Je ne cherche pas à te soutirer des informations… J'aimerais plutôt t'en donner une.

– M'informer ? Mais de quoi ?

– Est-ce que c'est toi la jeune fille qui voulait monter dans la grue, tantôt ?

– Oui. Tu as entendu ma conversation avec le policier ?

– Non, mais il y a deux agents qui s'obstinaient il y a une vingtaine de minutes. Le premier essayait de convaincre son patron, je crois, de laisser monter la sœur du petit gars. Ils ne se sont pas entendus, mais le patron semblait fléchir et a demandé à l'agent de lui faire signe si la sœur rappliquait.

– T'es sérieux?

– Je n'ai pas compris la totalité de leur conversation mais, de ce que j'ai entendu, c'était à peu près ça.

Cette fois, le silence et le regard étaient partagés, et en parfait accord.

– Qu'en penses-tu? ajouta mon nouvel ange gardien aux yeux verts.

– Tu crois que ce serait le moment d'aller le voir, c'est ça?

– Dis-moi, d'abord. Est-ce que tu crois que si tu montes là-haut, tu pourrais trouver ce qu'il faut dire pour que ton frère redescende?

– Honnêtement, je ne sais pas. Simon et moi avons toujours beaucoup parlé ensemble mais, ces derniers temps, il était pas mal moins bavard. J'ignore s'il va vouloir discuter, mais j'ai vu son air quand ma mère a eu une faiblesse, tantôt. Il était inquiet. Et depuis cet épisode, elle s'est réfugiée dans son auto. Il ne la voit pas d'où il est posté et il n'arrête pas de regarder un peu partout depuis. Je sais qu'il la cherche. J'en suis certaine. Avec cet élément, je pourrais tenter de lui faire entendre raison.

– Eh bien, oui. Je crois que tu pourrais tenter ta chance de nouveau.

Il n'avait pas aussitôt terminé sa phrase que je m'étais relevée. Direction : agent Sirois, que je retrouvai au beau milieu d'un caucus d'uniformes, un cercle intimidant que je n'osais pas briser. C'est un autre homme qui a fait signe à l'agent que je me trouvais derrière lui.
En me voyant, il avait compris.

– Ok. Viens avec moi que je te présente mon sergent.

Dès lors, les choses se passèrent rapidement. Un agent était chargé d'informer ma mère de notre projet et d'obtenir son autorisation. Un autre s'activait déjà à démêler un attirail, qu'il avança soudainement vers moi, m'expliquant le mécanisme de sécurité qui serait mis de l'avant.

Je n'eus qu'à lever les bras pour que d'autres bras s'agitent autour de moi. Une ganse ici, un harnais de sécurité là, et pire, un casque de construction qui, je le vis dans les lunettes fumées de celui qui me l'installait, me donnait un air totalement ridicule. C'est d'ailleurs avec un large sourire que l'homme qui vaquait à l'installation termina sa tâche en me donnant une petite tape sur la palette.

Je commençai toutefois à m'inquiéter en voyant l'agent Sirois se coiffer d'un casque à son tour et s'installer dans la nacelle.

– Ta mère est d'accord. Viens, m'indiqua-t-il en désignant le très petit espace devant lui.

– Non… Vous n'allez pas monter avec moi ? Comment voulez-vous que j'obtienne la confiance de Simon si vous êtes là ?

– Eh bien, il faudra trouver les arguments parce que c'est non-négociable. Tu montes avec moi ou tu restes en bas.

Mes mains étaient crispées sur le rebord de la nacelle. À fréquence régulière, la grue donnait quelques coups que je n'aimais guère, mais au moins je montais. J'étais presque rendue à la hauteur de Simon quand je sentis l'agent Sirois faire demi-tour pour nous tourner le dos, permettant une impression de discrétion un brin plus grande, mais à peine.

Affairée à l'appareillage de mon accoutrement, je n'avais pas noté que mon frère était enfin sorti de son immobilisme et avait désormais de grands yeux posés sur moi, conscient que j'allais m'approcher de lui autant que possible.

D'en bas, on pouvait avoir l'impression que la grue s'approchait passablement du petit nid de Simon mais, de là-haut, la distance réelle était suffisamment grande pour devoir malencontreusement monter le ton, ce qui ne nous conférait pas une ambiance propice à l'intimité d'une conversation familiale, disons.

J'amorçai tout de même la discussion, encouragée par le fait que Simon me regardait. Mais dans ses yeux, il y avait une tristesse à laquelle je ne m'attendais pas, loin de l'air buté et renfrogné auquel je m'étais préparée.

– Est-ce que tu m'entends, Simon ? criai-je, pour amorcer le tout.

Aussi minime soit-il, j'ai adoré le petit signe de tête affirmatif de mon frère, me laissant espérer qu'une conversation serait peut-être possible.

– Très bien, alors écoute. Il est difficile de discuter tranquillement ici. Tu sais que je ne suis pas brave dans les hauteurs, hein l'oiseau ?

Un faible sourire. Deuxième signe encourageant.

– J'ai très peur aussi pour toi. Tu dois être fatigué de te tenir comme ça, n'est-ce pas ? Dismoi ce que tu aimerais que je fasse pour t'aider et je te promets de le faire. Mais Simon, ça irait vraiment mieux si tu descendais avec moi…

– …

Son regard était franc maintenant. Et dans ses yeux, une impuissance que je ne soupçonnais pas.

– Simon, entre toi et moi, tu ne pourras pas tenir le coup comme ça pendant des jours. Tu sais bien que tu devras redescendre, aussi bien le faire avec moi, non ?

– …

– Pour le moment, le soleil est bon, mais on annonce des orages électriques pour la fin de l'après-midi.

Celle-là, je venais d'y penser et je n'en étais pas peu fière. Il détestait les orages.

– Avec la pluie battante, le tonnerre et les éclairs, tu ne seras plus capable de redescendre. J'ai peur pour toi, parle-moi.

Le temps d'attente me parut long, mais la petite voix se fit enfin entendre.

– Où est maman ?

– Elle est dans la voiture juste en bas. Ne t'inquiète pas. Par contre, elle ne va pas très bien présentement. Elle a perdu connaissance tantôt. Elle est trop nerveuse de te savoir là-haut. Elle veut te voir. Tu la connais ! Ça ne va pas aller en s'améliorant. Je suis un peu inquiète pour elle aussi. Pour l'instant, Thomas est avec elle, mais c'est toi qu'elle veut voir... À toi qu'elle veut parler... On ne sait plus quoi lui dire. Tu lui dirais quoi, toi ?

– Je ne voulais pas ça, Laura...

La voix brisée, les petites épaules qui commençaient à trembler, agitées par des sanglots naissants, Simon était en piteux état. Une détresse qui faisait mal à voir et qui me transperça le cœur jusqu'à déclencher des larmes de mon côté aussi, que je m'efforçai de réprimer autant que faire se peut.

Devant mon nouveau silence, l'agent Sirois ne pouvait trouver meilleur moment pour tapoter mon bras discrètement en signe d'encouragement. Cet homme était drôlement gentil, après tout.

– Je le sais, Simon. Bien sûr que je sais que tu ne voulais pas que les choses se déroulent comme ça. La seule chose que tu voulais, c'était fuir l'école. C'était de trouver une place pour avoir la paix. Pour te cacher. Est-ce que je me trompe ?

Il n'arrivait plus à parler, mais fit signe que non de la tête.

– Actuellement, tu dois bien te douter que tu n'auras pas la paix tant que tu ne seras pas redescendu, hein ?

– Je ne voulais pas ça, Laura..., répétait-il entre deux hoquets. J'ai tout gâché...

– Je ne dirais pas ça, moi. Tu avais probablement de très bonnes raisons pour quitter l'école. Je te connais, je sais bien que tu n'as pas voulu mal faire. Maman pense de la même manière. Et Thomas aussi. Personne n'est fâché contre toi, Simon. On a juste très hâte de prendre un chocolat chaud tous ensemble. On veut t'avoir à la maison. C'est seulement là que tu auras vraiment la paix. On ne te jugera pas. On veut simplement comprendre et trouver des solutions pour que tu ne sois plus jamais triste comme ça…

Il y avait désormais un déluge sur cette branche. Simon pleurait tellement que les manches de son manteau rouge semblaient complètement imbibées d'un mélange de liquides suspects…

– Écoute bien maintenant. J'ai emmené ici un nouvel ami à moi. J'avais peur de monter toute seule et il a bien voulu m'accompagner. Il est très gentil. Il m'a aidée et il se propose aussi de t'aider à redescendre tranquillement. Tu peux lui faire confiance. Il va te donner toutes les indications pour redescendre en sécurité. On va te suivre pas à pas pour commencer et, plus bas, ses amis vont venir à ta rencontre pour t'aider davantage.

– NON !

Entre deux sanglots, son cri était sorti des tripes. Un bruit rauque. Un son d'animal traqué. J'avais fait une erreur en voulant aller trop vite. Mon cœur battait de nouveau la chamade.

– Ok, ok. On va faire comme tu veux. Tu veux faire les choses autrement ?

– Je ne peux pas descendre. Il y a plein de monde en bas qui vont me regarder… Il y a des caméras là-bas… C'est trop gênant Laura… Je ne voulais pas qu'il y ait du monde…

– Ok, je vois. Laisse-moi deux secondes, j'en parle avec mon ami. Il connaît plein de gens en bas. Il va sûrement trouver un truc, lui.

C'est dos à dos, mais en murmurant cette fois, que l'agent Sirois commença à me donner des indications.

– Ça va bien. On va faire dégager le secteur, mais il va falloir garder certains policiers, ambulanciers et pompiers. Tu lui dis que ce sont mes amis. C'est bon.

– Mais, il va y en avoir combien comme ça, des amis? chuchotai-je à mon tour. Et qu'est-ce que vous allez faire avec les journalistes?

– On se charge des médias, ils vont débarrasser le plancher. On ne veut plus voir personne. Que ta mère, ton frère et une dizaine d'agents.

– Mais j'ai peur que si on redescend pour donner vos ordres, il ait le temps de changer d'idée.

– Non, je vais transmettre tout ça par radio. Je suis en communication avec mon sergent.

– C'est bon, repris-je aussitôt en faisant face à Simon et en reprenant deux tons plus haut. Monsieur Sirois va tout arranger. Les seuls qui vont rester sur place, ce sont maman, Thomas et une dizaine d'amis de Monsieur Sirois. Je te jure que ce seront les seuls. Plus de caméras, plus d'appareils-photos, que des amis à nous qui vont t'aider à redescendre et qui vont te permettre de revenir à la maison. Ça te va?

Une longue hésitation. Rien ne va plus.

– Qu'est-ce qu'il y a?… Simon?

– Laura… Je ne veux plus jamais retourner à cette école…

– Évidemment, soupirai-je. Je crois que maman a déjà compris ça. Personne ne va te forcer à faire quoi que ce soit avant que tu ne sois prêt. Thomas m'a dit tantôt qu'elle parlait déjà de te changer d'école… Fais-leur confiance, Simon. Papa et maman vont faire ce qu'il faut pour que tu te sentes mieux. Tu sais à quel point ils t'aiment, n'est-ce pas ? Je dirais même qu'ils en sont énervants parfois ! Simon par-ci, Simon par-là, et gnaganagna, gnagnagna…

C'en était fait. Je retrouvais bel et bien mon petit frère intact, son petit sourire inclus.

– Alors voilà. Dans quelques minutes, tu vas voir que la plupart des gens vont s'en aller. Ce sera le moment pour toi d'écouter monsieur Sirois et de redescendre tranquillement. Très tranquillement. Tu vois ? Ils commencent déjà à partir… Tiens-toi prêt !

En effectuant un demi-cercle sur moi-même, je me croisai les doigts pour qu'il agisse selon mes indications et détectai, de côté, un sourire flanqué au visage de l'agent Sirois, qui se retournait lui aussi désormais, pour changer de place avec moi.

– Du beau travail, mademoiselle. Du très beau travail, souriait-il.

La descente de Simon avait été vertigineuse, tout le monde retenant son souffle à chaque mouvement.

Son équilibre était devenu précaire avec la fatigue, mais notre petit homme écoutait désormais religieusement les consignes de l'agent Sirois, qui lui indiquait chaque pas à faire, avec le lieu précis où déposer son pied, l'autre endroit où appuyer sa main droite, puis la gauche, et l'autre pied, et ainsi de suite.

Sur notre nacelle, la hauteur déclinait tranquillement à mesure qu'on suivait ses pas, alors qu'en bas, on distinguait de plus en plus les traits tirés de Lison et le visage rassuré de Thomas, tous deux prêts à l'accueillir.

Ce n'est toutefois qu'au moment où un agent mit ses longs bras autour du petit Simon pour le retenir dans le dernier bout de sa descente que les nerfs de chacun retrouvèrent un relâchement bienfaisant.

À 15 h 45, Simon était revenu parmi nous, recevant tour à tour les effusions d'affection de Lison, une accolade chaleureuse de Thomas, un joyeux clin d'œil de ma part et plusieurs petites tapes dans le dos d'agents qui, eux aussi, semblaient soulagés du dénouement de la journée. Pas assez toutefois pour oublier la série de questions qu'ils avaient à poser pour rédiger leurs rapports.

Une fois les quatre remontés dans la voiture de maman, personne n'osa questionner Simon.

Lui, silencieux en avant, aux côtés d'une mère qui tentait de lui changer les idées momentanément en lui faisant miroiter la lasagne du souper, son mets préféré. Thomas et moi sur la banquette arrière, à reprendre notre souffle au mieux de nos capacités. Et à la radio, sur la chaine mortelle que ma mère écoutait toujours, une chanson : *Ne me quitte pas*, que Lison fit taire précipitamment, d'un coup de doigt sec sur le commutateur.

Devant l'incongruité de la situation et la brusquerie du mouvement de ma mère, Thomas et moi furent pris d'un fou-rire qui gagna aussi Lison et qui fit même sourire Simon, quoique lui, visiblement perplexe, se demandait probablement ce que signifiait ce soudain regain de gaieté.

Il me tardait néanmoins de retourner au bercail avec les miens et d'entendre enfin l'histoire de mon jeune frère, des aveux qui finiraient sûrement par se faire en fin de journée même si, pour le moment, toute allusion à ce qui venait de se produire était délicatement écartée par chacun, dans un accord tacite.

— La lasagne, elle sera prête vers quelle heure ? hasarda Thomas, comme si la journée avait été aussi banale qu'un lundi pluvieux.

— On devrait manger vers 19 h 30.

— Hein ? Si tard ?

Cette fois, c'est Thomas et moi qui réagîmes en chœur, comme nous en avions l'habitude.

— En rentrant, je vais préparer des croque-monsieur pour que tout le monde puisse attendre votre père. Finalement, il arrivera ce soir. Il a déjà quitté Baie-Murphy. Et pour attendre Laura, qui devrait avoir le temps de revenir de sa réunion.

C'est à ce moment que je me rendis compte que ma mère avait emprunté le chemin de l'école et non celui de la maison.

Ma montre indiquait désormais 16 h 23. Elle avait pensé à tout.

– Euh, maman… T'es certaine que c'est une bonne idée ? J'aimerais mieux être avec Simon, je pense. Je ne me sens pas préparée du tout… Et j'ai vu monsieur Dunn là-bas, derrière les barricades. À l'heure où on se parle, il a sûrement compris que je ne serais pas au rendez-vous.

– Et crois-moi, quand il te verra arriver dans son bureau dans cinq minutes, il saura à qui il a affaire, nota-t-elle en ajustant le rétroviseur de manière à me viser de ses yeux rieurs.

Parfois, comme ça, ma mère me surprenait tellement.

– Tu as peut-être raison…, articulai-je faiblement, presque à reculons.

– C'est la meilleure chose à faire. Et avec ce que tu viens d'accomplir, on retiendra de cette journée que c'est ce lundi où Laura-la-journaliste aura vécu sa première mission humanitaire sur le terrain… Merci poulette.

Et parfois aussi, comme ça, ma mère pouvait me surprendre en m'arrachant presque les larmes une seconde, alors que la suivante, elle me défrisait complètement avec une fichue « poulette » échappée de sa bouche.

C'est sur le coin d'une rue voisine de l'école que ma mère me déposa subtilement, tout en me tendant un muffin aux bananes qu'elle avait déniché on ne sait trop où. De son gigantesque sac à main, j'imagine.

Complètement absorbé dans ses pensées, Simon n'a jamais remarqué qu'on n'était qu'à deux minutes de l'école. Quant à Thomas et maman, ils avaient adopté tous les deux l'attitude « tout-va-bien-tout-est-normal-bonne-chance-Laura-et-à-tantôt-bye-bye »...

DEUXIÈME PARTIE

Lundi 28 octobre, 16 h 31

Ce n'est qu'une fois le véhicule de maman disparu de ma vue que mes nerfs reprirent du service. Décidément, je n'avais pas imaginé ma première journée de journaliste de cette manière. En consultant de nouveau ma montre je compris, en plus, que j'aurais du retard.

Les idées d'articles virevoltaient pêle-mêle dans ma tête pendant que je grimpais les marches deux par deux jusqu'au troisième étage de mon école. Je ne savais absolument plus quel sujet j'allais proposer à M. Dunn. En fait, j'ose à peine imaginer l'air que je pouvais avoir en me pointant à son bureau, à 16 h 34.

– Excusez mon retard…

– Laura, m'interrompit Richard Dunn, viens t'asseoir un peu avec nous.

Le « nous » était visiblement lui et mes trois nouveaux collègues, que je découvris du même coup. Je les reconnaissais tous, sans vraiment les connaître.

Dans une première chaise, Jimmy Savard lui-même, un collègue de quatrième secondaire. Visage quelconque, personnalité quelconque, le genre qui ne fait pas de vagues sur son chemin, mais qui excelle en classe. Le petit brillant qui suscite l'admiration de certains professeurs, pas mal moins celle des élèves toutefois. Pour ma part, je le trouvais un peu trop mielleux pour être crédible.

Assis avec lui, Sandrine Dutil et Samuel Caron, tous deux en cinquième secondaire. Je ne connaissais de la première que ses prouesses au piano alors que le second avait souvent fait jaser en s'illustrant au sein de l'équipe élite de basketball de la ville.

Ces trois bouilles m'avaient fait un signe de tête à mon arrivée et me dévisageaient désormais intensément pendant que Richard Dunn me tirait une chaise. Visiblement, la consigne leur avait été donnée de passer sous silence les événements de la journée, ce qui ne m'empêchait pas de noter sur leur visage une série de points d'interrogation à peine voilés.

C'est le responsable du journal qui brisa le malaise en entrant directement dans le vif du sujet avec une verve qui me happa au point de me faire oublier un peu les dernières heures agitées. Et ce n'était pas peu dire.

Richard Dunn avait organisé les choses de belle façon en nous aménageant, dans un local adjacent à son bureau, une mini-salle de rédaction qui suscita un petit vent de frénésie au sein du groupe.

Dans ce local, quatre bureaux à angles contenaient chacun un ordinateur, un classeur, un dictionnaire, un téléphone et un bottin de la ville de Belmont. Dans un coin, un paravent cachait une petite table ronde qui pourrait nous servir à réaliser des entrevues, dit-il. Au fond du local, un autre bureau accueillait une imprimante sur le dessus et quelques ouvrages utilitaires en dessous. Enfin, juste à côté, une petite armoire contenait papier, calepins de notes et stylos. La grande classe.

Personne ne s'attendait à autant. En revanche, M. Dunn nous conseillait vivement de nous acheter, pour notre usage personnel, un petit magnétophone discret qui serait susceptible de nous éviter bon nombre de tracas, précisa-t-il.

Chaque semaine, il attendait un article de notre part pour couvrir l'actualité de l'école, selon les idées apportées par les membres du groupe et selon ce qui serait décidé chaque lundi en réunion de production, à 16 h 30 à son bureau.

En plus, il souhaitait que nous nous concentrions sur un thème en particulier, que nous serions appelés à développer en écrivant un article par semaine sur ce sujet, de manière à assurer un suivi de parution en parution, et à pouvoir ainsi approfondir notre dossier.

– C'est la raison pour laquelle je vous avais demandé de penser à un sujet de votre choix. J'écoute maintenant vos idées. Sandrine ?

J'ai à peine entendu les détails de l'exposé de ma nouvelle collègue, qui semblait particulièrement animée par la perspective d'offrir une série d'articles portant sur les élèves qui, dans l'école, sacrifiaient une grande partie de leurs temps libres à la pratique de leur art, que ce soit la musique, le dessin, le théâtre ou la danse.

– Très bien, ça me semble une belle avenue. Tu peux amorcer tes recherches. La semaine prochaine, j'aimerais que tu m'écrives sur un plan le sujet précis des trois premiers articles de cette série. Ça te va?

– Parfaitement, rétorqua une Sandrine assurée.

– Laura?

Tous les yeux étaient désormais tournés vers moi. Une «moi» un peu désorganisée qui s'élança néanmoins dangereusement, tête baissée.

– J'aimerais monter un dossier sur l'intimidation au sein de notre école. Je crois que c'est un sujet d'actualité qui peut aussi bien interpeller les élèves et les profs que la population en général. Les parents surtout.

Richard Dunn parut surpris. Mais pas autant que moi. En fait, je crois que les nerfs m'avaient poussée à y aller spontanément avec ce qui habitait mon esprit.

– D'accord... Mais dis-moi, qu'est-ce que tu veux explorer au juste dans ce phénomène?

– Je veux tracer le profil des gars ou des filles que l'on retrouve parmi ceux qui intimident les plus faibles. Je veux comprendre ce qui peut bien se passer dans la tête d'une personne pour en blesser une autre sans scrupule. Je veux parler aux élèves qui sont des leaders en la matière. Aux autres qui y assistent sans rien faire. À ceux qui sont blessés par ce type de comportement. Aux professeurs aussi, pour savoir s'ils sont au courant ou non de ce genre de situations. Aux gens de la direction, pour connaître leur opinion sur le sujet et pour discuter de leurs moyens d'intervention.

J'avais débité le tout sans broncher, me surprenant moi-même à épouser parfaitement cette idée subite, qui m'interpellait tout à fait.

Richard Dunn demeurait toutefois songeur.

– Ton sujet est très pertinent, ça ne fait pas de doute…

Une autre hésitation, cependant.

– Ok. À vrai dire, j'adore ce sujet. Je pensais même le suggérer. Je trouve d'ailleurs que tous les angles que tu présentes sont intéressants. Par contre, on va se parler franchement ici. On ne se fera pas de cachette dans le groupe, ajouta-t-il en détaillant chacun de nous.

– Laura, reprit-il. Tu es consciente que ce sujet te touche particulièrement de près. D'une part, c'est une bonne chose puisqu'on peut aisément comprendre ton intérêt. Mais en contrepartie, ça va te poser aussi une difficulté, car tu vas devoir faire abstraction de tous les sentiments qui t'appartiennent personnellement pour conserver une certaine objectivité. Tu comprends ça ?

– Je crois… oui.

– Il est par ailleurs hors de question que tu utilises les événements qui concernent ton frère. Ça s'appellerait un conflit d'intérêt. On ne veut pas de ça dans notre journal. Tout comme Sandrine ne pourrait pas interviewer sa sœur qui fait du théâtre.

– Oh! mais rassurez-vous. Je n'ai vraiment pas l'intention de parler de Simon. En fait, c'est bien la dernière chose que je ferais. J'aimerais plutôt revenir sur le suicide de Jonathan Duval, l'an dernier…

Cette fois, ce sont quatre paires d'yeux qui s'agrandirent, incluant ceux de mon nouveau patron.

– L'an dernier, quand Jonathan s'est tiré une balle dans la tête avec le fusil de chasse de son père, repris-je nerveusement, tous les élèves ont été invités à rencontrer un psychologue, à en discuter avec certains professeurs, à en jaser à la maison avec les parents, mais deux semaines plus tard, on dirait que le sujet était devenu tabou. Je n'ai entendu personne, pas même chez mes amis, mentionner que Jonathan était rejeté au sein de l'école. Pourtant, c'était un secret de polichinelle que ce gars-là était victime d'intimidation. Et depuis un bon bout de temps.

Un silence régnait dans la pièce. Tous les regards avaient par ailleurs changé de place désormais. Sauf M. Dunn, qui continuait de me regarder fixement.

– Très bien. Je vais accepter ton sujet, mais je garde quelques petites réserves. On va devoir se parler de tout ça au fur et à mesure, si tu le veux bien. Pour ta première série d'articles, je considère que tu t'attaques à un projet difficile, mais ce n'est pas une raison pour l'écarter…

Dans la pièce, l'air semblait avoir changé. Je m'en voulais un peu d'avoir créé un malaise mais, en même temps, je considérais que le sujet valait amplement la peine d'être abordé, aussi complexe soit-il.

Richard Dunn accepta sans grandes questions cette fois le sujet de Jimmy Savard, qui souhaitait examiner si un statut de président d'école, ou de classe, pouvait influencer l'avenir de cet élève une fois l'école terminée. Quant à Samuel Caron, il ne surprit personne en suggérant une série d'articles sur certains anciens sportifs de l'école qui avaient poursuivi leur carrière dans d'autres ligues plus importantes par la suite.

Tous avaient l'impression d'avoir passablement de travail à faire jusqu'à la réunion du lundi suivant, si bien qu'on ne s'attarda pas trop en réunion.

Il était 17 h 45 quand je descendis les marches extérieures de l'école. J'avais déjà convenu de ne pas téléphoner à ma mère pour qu'elle vienne me chercher. Je me disais qu'un petit trente minutes de marche jusqu'à la maison me ferait le plus grand bien, et ce, même si je sentais une grande lassitude me gagner dangereusement.

La journée avait été rude et il me tardait de retrouver les miens. Mais il y avait plus. Comme une vague impression d'être sur le point d'ouvrir une boîte de Pandore. Et une question : me suis-je fichue dans un furieux pétrin, moi là ?

Le cas Simon — Prise 2

En tournant le coin de ma rue, je me surpris à chercher du regard la voiture de mon père, qui était effectivement garée devant l'entrée. Un doux moment dans cette journée. Le deuxième sentiment de réconfort survint quelques minutes plus tard, lorsqu'en entrant dans le vestibule de la maison, je fus happée par une odeur appétissante. La lasagne de maman avait des vertus de guérison, je crois. Je pense même que tous les membres de notre famille en étaient bêtement persuadés. Mais la plus grande joie me parvint directement de Simon qui, en me voyant poindre dans le salon, ne fit ni une ni deux et vint m'entourer de ses bras sans même me dire un seul mot, à l'étonnement général. Ce n'est toutefois qu'au dessert que, suivant une série de questions bien amenées par papa, notre petit homme déballa enfin son sac.

Déjà au primaire, Simon avait eu l'habitude d'entendre autour de lui des blagues de mauvais goût. Les qualificatifs de fif, de feluette, de fillette ou de minus, il les avait déjà tous entendus. Depuis qu'il était au secondaire, devait-on en comprendre, il avait toutefois eu du mal à s'adapter au fait qu'on passait là aisément de la parole aux gestes.

C'est avec des sentiments de plus en plus horrifiés, quoique dissimulés par chacun de nous pour ne pas couper l'élan courageux de Simon, que nous écoutions la lourdeur de son quotidien depuis près de deux mois maintenant.

Encouragé par tous les membres de la famille, il accepta de répondre aux questions, à une condition unique, celle de ne dévoiler l'identité d'aucun de ceux qui s'en prenaient à lui. Tous en conclurent que Simon était réellement effrayé à l'idée d'en subir les conséquences.

C'est ainsi qu'on apprit que son casier d'école était régulièrement mis sens dessus dessous et que ses travaux d'école étaient même parfois dérobés, ce qui expliquait en partie le déclin impressionnant de ses notes scolaires.

Depuis un mois, les bousculades entre les rangées des casiers s'étaient ajoutées, puis transformées en quelques rudes poussées et en coups de poings bien sentis sur l'épaule. Si bien que la plupart du temps, pendant les pauses et les heures de dîner, Simon trouvait refuge à la bibliothèque.

En s'y rendant, il se faisait parfois suivre. Un jour, des garçons étaient même entrés dans la bibliothèque et s'étaient tous assis de manière à l'entourer, sans dire un mot, mais en le fixant de regards hostiles. Ils avaient attendu le son de la cloche pour le suivre de nouveau au retour en classe, mais Simon était demeuré obstinément sur sa chaise, forçant les autres à partir en premier.

Par conséquent, il était arrivé en classe avec une demi-heure de retard ce jour-là. Pour le punir, son enseignante refusa de lui accorder du temps supplémentaire pour achever son test de mathématiques. Considérant qu'il n'avait eu que la moitié du temps comparativement au reste de la classe, il n'arriva évidemment pas à le terminer.

En fait, l'enseignante était venue lui retirer sa copie des mains au premier son de la cloche, tout en lui signifiant qu'elle ne voulait entendre aucune excuse, qu'il se devait d'être à l'heure à son cours, un point c'est tout.

Bousculades également dans le vestiaire du gymnase, avant et après les cours d'éducation physique. C'est là que certains avaient appris que mon frère avait l'intention de gagner les rangs d'une équipe de soccer de l'école. Depuis deux semaines, toutes les occasions étaient bonnes pour tenter de le convaincre de retirer son nom. Il y a quelques jours, on avait commencé à lui dire que le jour approchait où ce serait «sa fête». Simon en avait compris qu'il allait se faire tabasser et il avait visiblement prêté foi à ces paroles. J'en aurais fait autant.

Ce matin, il avait néanmoins soutenu son désir de faire partie d'une équipe, appuyé dans sa requête par l'entraîneur Bernard Roy, surnommé Big Bernie, qui avait même remis à l'ordre ceux qui maugréaient contre l'idée de l'avoir comme coéquipier, qui se plaignaient haut et fort et qui ne ménageaient pas leurs propos devant tout le monde contre Simon, au nez de ce dernier. Assez pour que l'entraîneur en arrive à menacer d'expulsion quiconque ferait preuve de comportement antisportif. Il s'en était suivi un long laïus sur la manière de se comporter entre membres d'une même équipe, nous expliquait Simon avec un aplomb surprenant.

Aplomb qui faiblit toutefois en évoquant les derniers événements de la journée. La scène s'était déroulée à 10 h 05, au tout début de la récréation. Les trouble-fêtes avaient beau avoir cessé leurs jérémiades devant l'entraineur, ils possédaient un as dans leur manche.

Dès la sortie des classes, dans la cour arrière, l'un d'eux poussa Simon à part et l'appuya solidement contre le mur de l'école en lui montrant deux photos sur son cellulaire. Sur la première, on y voyait, en plan rapproché, les fesses de Simon, alors que sur la seconde, prise d'un peu plus loin, on le voyait nu, de face, sous la douche. Les photos avaient vraisemblablement été prises par-dessus le rideau de douche du vestiaire des garçons, croyait-il.

On ne lui donnait plus aucun choix, expliquait désormais Simon, sur le bord des larmes cette fois. Ou il quittait de lui-même l'équipe de soccer, ou ces deux photos se retrouveraient sur Internet le soir même. On lui signalait par ailleurs que s'il dénonçait un seul d'entre eux, les photos se retrouveraient également sur le Web.

C'est à ce moment précis que mon frère avait déguerpi. Il avait couru et couru avant de grimper à l'aveuglette jusqu'à sa branche. Coincé, apeuré, humilié, démoli.

Mon père et Thomas avaient tous les deux beaucoup de peine à contenir leur colère. Ma mère pleurait silencieusement. Les larmes de Simon dégoulinaient sur la nappe. Les miennes sur mon chandail.

Dès ce soir-là, il fut convenu que Simon ne remettrait plus les pieds dans cette école. Une fois mon frère endormi dans son lit, mes parents nous avaient par ailleurs rapidement convoqués au salon, Thomas et moi. Ils voulaient nous aviser de leur intention d'inscrire Simon au collège Jean-Victorin et se sentaient mal envers nous de lui proposer la dispendieuse avenue de l'école privée, alors que Thomas et moi avions fréquenté l'école publique.

Ils allèrent jusqu'à nous remercier de présenter une si belle ouverture d'esprit, disaient-ils, alors que pour Thomas et moi, tout cela allait purement de soi.

Je ne me souviens pas d'avoir ressenti une proximité familiale aussi grande que celle qui régnait alors dans la maison. Pas même un Noël. Pas même un soir de vacances. Pas même lors d'un souper d'anniversaire. Dans ma famille ce soir-là, nous parlions peu, mais nous semblions soudés par une peine commune, par une colère sourde aussi, je dirais même par un lourd sentiment d'impuissance partagé.

Et jamais comme ce soir-là, nous avions senti à quel point Simon avait creusé sa niche au sein de notre clan familial pour se fondre complètement en chacun de nous.

Quant à moi, en déposant ma tête sur mon oreiller, je savais que cette série d'articles sur l'intimidation à l'école, annoncée spontanément à mon patron, n'était résolument pas une idée saugrenue. Pétrin ou pas, il me tardait déjà de commencer mes recherches. C'est d'ailleurs en échafaudant des plans les plus divers en ce sens que ma première journée d'apprentie journaliste s'acheva dans un profond, un très profond sommeil.

En ouvrant un œil ce jour-là, je sus que ma nuit aurait pu s'étirer jusqu'à 11 heures, minimum. C'est le corps lourd que je me fis violence pour quitter mes draps chauds et pour me diriger droit vers ma chaise d'ordinateur avant de m'y effondrer.

Chaque matin, c'est avec Facebook que je revenais tranquillement à la vie, histoire de prendre mes messages et de voir de quoi le reste de ma planète d'amis jacassait ce jour-là.

Exceptionnellement, c'est avec un peu de peur que j'ouvris ma page, craintive d'y retrouver le fil de la journée d'hier, avec moult commentaires… Pire, j'avais désormais la hantise de voir surgir les diaboliques photos prises de mon frère.

Le premier message, de Zoé, me ramena à de meilleures dispositions.

Coucou Laura… Je me suis retenue à deux mains pour ne pas te téléphoner hier soir. Finalement j'ai essayé mais sans succès… T'imagines pas à quel point j'ai hâte de te retrouver dans le bus ce matin. C'est malade ce que tu as fait hier. Tout le monde était sur le cul, j'te jure. T'es mon idole!!!! Sans farce. En tous cas je suis fière de toi mon amie. TELLEMENT. À+

Si ça ne vous redonne pas un sourire, ça.

En jetant un coup d'œil à ma montre, je dus remédier à la tentation de lire tous mes messages, mais je cliquai quand même sur la petite icône qui me signalait qu'une nouvelle personne m'envoyait une demande d'amitié. Je revins complètement à la vie en notant le nom de celui qui m'avait acheminé cette demande.

Ian Mitchell.

Les minutes suivantes se sont éternisées, mes yeux tout à coup redevenus grands, fixés sur mon écran. Paralysée. Le cœur battant.

Évidemment, j'acceptai l'invitation de celui qui m'avait si délicatement permis de sauver la journée d'hier, sans trop de dégâts. Ceci dit, je devinais déjà que je n'aurais aucune idée de ce que j'allais bien pouvoir lui écrire advenant le cas où suivrait un petit mot de sa part…

C'est en tentant de chasser ces quelques secousses émotives imprévues au plan de journée que je décidai de retrouver les miens, curieuse de voir l'humeur des troupes en bas. Déjà qu'une douce odeur de bacon flottait, ce qui était pourtant habituellement réservé aux week-ends…

En mettant les pieds sur la dernière marche de l'escalier qui menait au beau milieu de la salle à dîner, je sentis rapidement que l'atmosphère avait un petit quelque chose d'inhabituel.

D'abord à la table, Simon était encore en pyjama, imité par mes parents qui avaient visiblement convenu de déserter leur boulot eux aussi ce jour-là. Le seul qui correspondait à l'image habituelle était Thomas, quoique lui aussi avait l'air curieux, une impression qui se confirma rapidement lorsqu'il ouvrit grand les yeux à mon endroit, avec un léger signe de la main que je ne comprenais pas. On avait beau avoir l'habitude de communiquer quasi par télépathie, son langage non-verbal n'était pas suffisamment explicite cette fois-ci pour m'aider à saisir ce qu'il cherchait à me dire. Ma mère, par contre, me confirma clairement qu'elle était particulièrement stressée.

– Il n'est pas trop tôt, me lança-t-elle. J'allais monter te chercher.

– T'inquiète pas, je ne serai pas en retard, je te le promets, lui indiquai-je, consciente que l'heure n'était pas à la rigolade.

C'est en m'asseyant à côté de Thomas que je compris un peu mieux ses signaux. Mon frère pointait désespérément le journal qui était viré à l'envers sur la chaise vide de papa, affairé au bacon.

Comme toute réponse, je tentai une face en point d'interrogation qui ne faisait qu'amplifier la bizarrerie de ce matin. Ses deux nouveaux signes se firent plus clairs, m'indiquant d'un premier coup d'œil le journal, puis le haut de l'escalier. J'eus enfin le bon réflexe, celui de prendre ledit journal et de remonter discrètement à ma chambre. Pas assez discrètement toutefois pour empêcher Lison de m'intercepter, au milieu de l'escalier que j'escaladais pourtant à pas feutrés.

– Laura, où vas-tu encore?

– Ce chandail de laine me pique les bras. Je ne vais pas l'endurer toute la journée, je vais me changer, improvisai-je, catégorique.

N'importe quoi.

Ce n'est qu'une fois installée sur mon lit que je dépliai *La Nouvelle*, les yeux exorbités.

Sur la une du journal, en grosses lettres, le titre indiquait : «Branle-bas de combat dans un boisé». Et dessous, en plus petit... «Un garçon de onze ans victime d'intimidation se réfugie dans un arbre...».

Sur la photo qui m'apparaissait immense, on me voyait de loin, de dos, debout sur la grue, le policier Sirois faisant face à l'objectif. En arrière-plan, une tache rouge. Simon. Rien de trop distinctif heureusement. Mais tout de même, la journée s'annonçait encore désespérément agitée... Bordel.

Malgré l'attention qui était sur nous, je dois tout de même avouer que l'article signé Sandra Côté était correct. À aucun endroit, elle ne nommait Simon, ni personne d'entre nous d'ailleurs. À vrai dire, il fallait connaître l'histoire qui s'était déroulée hier pour savoir qu'il s'agissait de mon frère et de moi. Par contre, elle avait réussi à accumuler beaucoup de détails.

«Un jeune garçon de onze ans a tenu les pompiers et les policiers en haleine, hier, après qu'il eut fugué de son école et trouvé refuge au sommet d'un arbre...»

Dans un paragraphe suivant, on citait un élève de l'école. «Il voulait faire partie de notre équipe de soccer et ça avait causé quelques problèmes», disait-il. «Mais l'entraîneur l'avait finalement admis. Je ne comprends pas pourquoi il est parti en courant à la récréation... Il était un peu à part depuis le début de l'année, un peu rejet...» Et blablabla, et blablabla.

Non seulement j'étais sous le choc, mais j'appréhendais ma journée à l'école maintenant... Et je commençais à soupçonner Ian Mitchell de m'avoir envoyé une demande d'amitié simplement pour se faire pardonner cette satanée photo!

C'est encore avec stupeur que j'aperçus l'heure sur mon réveille-matin, indiquant que l'autobus scolaire menaçait de se pointer à notre porte dans la minute. J'allais sauter du lit quand un texto de Zoé arriva sur mon cellulaire.

Mais qu'est-ce que tu fais? L'autobus vient de partir de chez vous? Ne me dis pas que tu ne viens pas à l'école aujourd'hui?

Cette fois, j'ai dévalé les marches, croisant ma mère et Simon dans l'escalier. Sur mon visage, elle a dû voir mon anxiété.

– Ça va, ça va, du calme. Ton père a décidé d'aller vous mener en voiture ce matin. Prends le sac sur la table, c'est un sandwich pour toi. Je veux que tu l'avales avant le début de ton premier cours. Compris?

La pression venait à peine de redescendre.

– Laura, tu m'as comprise?

– Oui, oui.

– Ton chandail... Tu ne l'as pas changé?

– Euh, non. Ça va aller...

– Et l'argent dans le sac, c'est pour que tu puisses aller diner au restaurant du coin ce midi. Je n'ai pas eu le temps de vous faire un lunch. Tu peux inviter Zoé si tu veux, il y en aura assez pour vous deux… Ton père et Thomas sont déjà dans l'auto. Vas…

Je pris tout de même le temps de déposer un bec sur sa joue et d'ébouriffer les cheveux de Simon. Leur sourire me réconforta un brin. Assez du moins pour que je franchisse la porte d'entrée en priant très fort pour que la journée qui s'amorçait soit la plus normale possible. Je souhaitais vivement que personne, mais alors là personne, ne me parle des événements d'hier…

Il ne me fallut que quelques minutes, assise dans la voiture de mon père, pour comprendre que mon vœu ne serait pas exaucé, loin de là.

– J'aurais mieux aimé vous en parler le premier mais je sais que tous les deux, vous avez vu le journal ce matin… débuta mon père, l'air grave.

– Hum, hum.

Encore une fois, Thomas et moi avions répondu le même refrain à l'unisson, aussi banal soit-il.

– Écoutez. Dans les faits, nous avons reçu trois appels de journalistes hier soir et s'il n'y en a pas eu plus, c'est que votre mère et moi, nous avons débranché le téléphone après le troisième appel. Ce qui me laisse croire qu'il se pourrait bien que certains journalistes tentent de vous contacter à l'école, à l'entrée, à la sortie, je ne sais pas trop. Peut-être pas non plus… Mais si jamais c'était le cas, peut-on s'entendre pour ne pas parler de toute cette affaire? Simon ne gagnerait rien à ce que son histoire s'ébruite. Vous comprenez?

– Bien sûr, grogna Thomas, visiblement contrarié, tout comme moi d'ailleurs.

– Je peux t'assurer que la prochaine fois que tu vas me voir dans un journal, c'est mon nom que tu remarqueras comme auteure d'un article, et non pas comme sujet! pestai-je.

Mon intervention fut brève, mais fit sourire mon père et mon frère. J'étais sérieuse pourtant.

Thomas et moi avions néanmoins des yeux tout le tour de la tête en avançant vers l'entrée de l'école, une entrée déserte nous signifiant qu'encore une fois, j'allais accuser un léger retard.

– Aucune menace à l'horizon, murmurai-je sur le ton de la conspiration.

– Ça va aller ? sourit Thomas.

– Ça devrait, mais je t'avoue que je n'ai jamais eu aussi peu envie d'entrer en classe…

– Je sais. Même chose pour moi. On va prendre ça une chose à la fois, ok ?

– On croirait entendre papa…, lui lançai-je en le quittant à regret pour affronter cette saprée journée.

– Sois forte !

J'avais encore ces deux mots en tête en entrant nerveusement dans ma classe de français. Notre professeur, Estelle Langlois, affairée à ses papiers, n'avait visiblement pas commencé le cours. Tout le monde était assis à son bureau, mais jacassait encore allègrement quand le silence tomba d'un coup sec.

Je n'ai pas réalisé immédiatement que c'était en réalité mon entrée qui avait calmé les ardeurs. Lorsque j'ai entendu les premiers applaudissements qui ont envahi la classe comme une ondée, j'allais applaudir aussi, ne serait-ce que pour suivre le groupe sans trop savoir pourquoi, quand je réalisai avec effroi que toute cette mascarade s'adressait en fait à moi, ce qui eut pour effet de colorer mon visage d'un rouge que je devinais écarlate.

C'est Estelle qui vint à ma rescousse, à travers les bravos qui surgissaient ici et là.

– Ok, ok tout le monde, souriait-elle en levant les bras pour que le calme revienne dans sa classe.

– Ne reste pas là, Laura. Viens t'asseoir. Comme tu peux le constater, tu as des admirateurs dans la classe. Et je me joins à eux. J'avoue que tu as démontré un sang-froid étonnant hier.

– …

J'étais tétanisée sur place.

– En fait, je voulais justement ouvrir la journée sur ce sujet, annonça-t-elle en me faisant signe à nouveau de prendre place, ce que je fis rapidement. J'avais l'air d'une souris qui, prise en défaut, longeait un mur en ne voulant que retrouver son trou…

– Ce sera le sujet de notre première demi-heure, continuait Estelle, comme si tout était normal. À tour de rôle, j'aimerais que vous me disiez comment vous avez vécu la journée d'hier. Est-ce que quelqu'un veut commencer ?

Le moins que l'on puisse dire, c'est que mon désir de traverser une journée normale était fichu. Raté. Bousillé. Silencieusement, j'en voulais terriblement à Estelle qui avait été, jusque-là, l'une de mes enseignantes préférées !

Et voilà qu'à tour de rôle, chacun s'exprimait sur «le» sujet. Carolanne expliquait comment elle s'était rendue sur les lieux sur l'heure du midi, consternée de voir qu'il s'agissait de mon frère. Élisabeth en rajoutait en relevant mon courage d'avoir grimpé dans cette nacelle… David abondait dans son sens et osait même aborder l'anecdote de l'équipe de soccer de Simon !

Visiblement, l'histoire de mon frère avait fait le tour de l'école. Pire, dans leur discours, je devais comprendre qu'ils avaient admiré mon geste de désespoir! C'était invraisemblable. Personne ne semblait s'apercevoir que de mon côté, je ressentais plutôt une rage sourde envers les élèves qui avaient intimidé mon frère. Personne ne semblait deviner non plus la honte que je portais de nous voir ainsi exposés. J'étais sur une planète que je ne reconnaissais plus, ne sachant absolument pas comment réagir. Désespérée, à vrai dire.

C'était sans me douter que le pire allait se produire à la fin, alors que chacun semblait s'être exprimé sur « le » sujet. Estelle me fixa alors d'un air qui se voulait bienveillant.

— Et toi, Laura, comment as-tu vécu ta journée d'hier? Voudrais-tu nous en parler?

J'étais prise au piège. Une trentaine de regards étaient pointés sur moi quand j'ouvris enfin la bouche.

— Ma journée d'hier a été… hors de l'ordinaire, disons. Je dois vous dire qu'hier, j'ai vécu ma toute première réunion de journalisme. C'est le métier que je veux faire plus tard, et je suis contente de vous apprendre que j'ai été acceptée dans le nouveau journal étudiant de notre école. Tous les samedis, j'aurai la chance d'écrire un ou deux articles dans un cahier spécial qui sera inséré dans *Le Courrier Belmont*. Il y aura moi, mais aussi Sandrine Dutil, Samuel Caron et Jimmy Savard. Nous avons visité nos nouveaux locaux hier, poursuivis-je en y allant d'une description en détails de notre petite salle de rédaction.

Le silence de la classe était complet. Et bizarre. Tous me regardaient avec cet air de dire : mais qu'est-ce qu'elle nous raconte...

Seule Estelle a semblé comprendre, cette fois.

– Bien. Et dis-nous, est-ce que tu sais sur quoi portera ton premier article ?

– Le premier ? Je ne sais pas encore... mais je vais monter un dossier sur l'intimidation à l'école. Je veux aussi revenir sur le suicide de Jonathan Duval l'année dernière.

Cette fois, il y eut un murmure. Même le visage d'Estelle s'empourpra, avant qu'elle me remercie délicatement, ajoutant que pour la demi-heure suivante, on reviendrait sur un roman que l'on devait lire et analyser au cours des prochaines semaines, nous invitant à lui soumettre les titres qu'on avait retenus pour cet exercice, parmi la liste qu'elle nous avait suggérée.

Steve avait choisi *L'Étranger*, de Camus. J'enchaînai avec *La vie devant soi*, de Romain Gary. Olivier annonça *Les trois mousquetaires*, d'Alexandre Dumas, alors que Roxanne claironna le premier tome des *Misérables*, de Victor Hugo. C'est ainsi que, subtilement, le cours reprit son aspect plus habituel et que, de mon côté, je retrouvai un pouls plus normal.

À la pause, hormis quelques petites tapes dans le dos en passant, mes collègues ne revinrent pas sur le sujet avec moi, ce qui me donna un peu de répit pour répondre aux trois autres textos que Zoé m'avait écrits entre-temps, en panique.

Zoé, tout va bien. Je suis dans mon cours de français. J'en ai long à te raconter. Si tu as ton lunch ce midi, garde-le pour demain. Je t'invite pour un hamburger au resto du coin… Un cadeau de ma mère. Je t'attends là-bas à midi. À+

– Mais non, Laura. Estelle n'a pas fait ça pour t'embêter, au contraire! Tous les profs ont commencé leurs cours avec ce sujet ce matin. C'était comme une directive qu'ils avaient reçue…

Zoé était arrivée à midi pile, en catastrophe, comme si elle volait à ma rescousse.

– J'étais en anglais, ce matin. Élise Summers a fait la même chose. Elle voulait qu'on parle de ce qui s'était passé hier. Un genre de thérapie de groupe, je crois. C'est rien, t'en fais pas. C'est mieux, même! Les gens en parlent comme ça, dans le groupe, et tout est dit. Plus la peine d'en faire toute une histoire. La preuve, c'est que, pendant la pause, tout le monde était passé à un autre sujet. Ce n'était pas comme ça de ton côté?

Zoé avait raison. Il est vrai que le sujet s'était atténué après la première demi-heure du cours de français.

– Laura, je comprends que ça ne faisait pas ton affaire de revenir là-dessus, mais il faut que tu comprennes les autres un peu… Ce n'est pas banal ce qui s'est passé. Moi aussi, j'avais sérieusement hâte de te parler! Je voulais te téléphoner hier soir, mais ma mère m'a conseillé d'attendre. À 21 h 30, j'en pouvais plus. J'ai essayé, mais ça ne répondait jamais chez vous…

– Ah oui. Mes parents avaient débranché le téléphone…

– Hein?

– Paraît que les journalistes appelaient à la maison…

– Ah bon. Et maintenant, vas-tu enfin me dire comment tu te sens ou tu vas prendre ça comme une agression ? Vas-tu croire que je fais partie du vaste complot organisé par Estelle Langlois pour te faire parler de toi un peu ?

Zoé avait toujours le mot pour tout tourner au ridicule, ce qui avait souvent l'heureux effet de dédramatiser les choses. Évidemment, elle eut droit au récit complet des événements, et même au résumé de ma première réunion de journaliste, un sujet qui m'animait davantage.

Contrairement à ses habitudes, elle ne m'avait pas interrompue une seule fois. À un moment seulement, je l'ai vue sourciller quand j'ai prononcé le nom de Ian Mitchell mais, autrement, elle avait miraculeusement réussi à garder le silence, m'encourageant plutôt à déballer mon sac, ce qui, je dus l'avouer, me fit grand bien.

– J'ai honte, Zoé.

– Honte de quoi, veux-tu bien me dire ?

– Je suis gênée de ce qui est arrivé… Autant je comprends Simon, autant j'aurais aimé qu'il trouve une autre façon de régler la situation. Mais il n'y a pas que ça. J'en veux tellement à ceux qui ont fait du mal à Simon que j'ai peur de ce que je pourrais faire si je les avais devant moi… Je sais que ça n'a pas vraiment de sens ce que je dis là… Mais bon. Et tu sais comment je n'aime pas que l'attention soit dirigée sur moi et là, on dirait que tout le monde me regarde. Pire que ça, on dirait que tout le monde veut venir me parler tout d'un coup !

– Je comprends, mais ça va passer. Je peux te changer les idées si tu veux, dit-elle en souriant. En fait, il y a un truc qui m'échappe dans ton histoire…

– Vas-y, au point où j'en suis…

– Ce Ian Mitchell, il a l'air de quoi au juste ?

Je crois n'avoir fait qu'un demi-sourire. Un quart, un huitième de sourire, mais Zoé n'était pas fille à me laisser m'esquiver aussi facilement.

– Tu-Me-Ni-Ai-Ses !

Et quand elle disait ces mots, en détaillant chaque syllabe avec sa voix haut-perchée en plus, on ne pouvait vraiment plus reculer. J'étais foutue.

– Ses cheveux ?

– Blonds…

– Ses yeux ?

– Verts.

– Sa grandeur ?

– Je ne sais pas.

– À peu près !

– Je ne sais pas, peut-être 5 pieds 10, 5 pieds 11, je sais pas trop…

– Ok. Son âge ?

– Je ne sais pas non plus.

– Laura !

– Disons vingt… Peut-être vingt-et-un…

– Ben là !

– Mais écoute, je lui ai dit une phrase ou deux ! C'est toi qui t'imagines des choses !

– Non, non, Laura St-Pierre, tu ne me feras pas ce coup-là!

– Zoé…

– Ok. Si je comprends bien, tu lui as dit une phrase ou deux, il te fait une demande d'amitié sur Facebook, et ce gars-là est beau comme un Dieu, c'est bien ça?

– Je n'ai jamais dit qu'il était beau comme un Dieu, voyons.

– Oui tu l'as dit. Avec tes grands yeux, tu l'as dit!

– Zoé arrête.

– Et tu lui as écrit quoi sur Facebook?

– Rien.

– Comment ça, rien?

– J'ai juste répondu à sa demande d'amitié. Mais arrête, je te dis!

– Évidemment, oui.

– J'ai quinze ans, ce gars est trop vieux pour moi. Que veux-tu qu'il fasse d'une jeune comme moi?

– Comme si c'était la première fois qu'un gars plus vieux remarquait ta longue chevelure, tes grands yeux gris et ton sourire ravageur…

– Je ne souriais pas, crois-moi. D'ailleurs, je devais avoir l'air bête comme j'en suis capable… Tu sais comme je peux aussi avoir du talent quand je m'y mets? Mais dis-moi, tantôt, tu voulais me parler d'Élise Summers… Elle était à côté de toi quand je t'ai vue sur les lieux de… tu sais quoi…

– Oui. Je t'en parle, mais à une condition. Tu vas tout me dire sur ce fameux Ian Mitchell, hein?

– Il n'y a rien de plus à dire, Zoé. Je t'ai tout dit.

– Oui, mais à l'avenir? Pour la suite des choses…?

– Ben oui…

– Non, tu n'es pas sincère là…

Il a fallu que je la regarde droit dans les yeux et que je lui en fasse la promesse. Zoé était vraiment la pire fouine du monde entier. Mais elle était aussi la plus grande complice que j'ai connue, après Thomas.

– C'est bon. C'est promis.

Cette fois, il faut croire que j'ai eu l'attitude qui se devait puisqu'elle a miraculeusement répondu à mes interrogations.

– Laura. Il faut que tu rencontres Élise Summers, lança-t-elle dans un élan animé comme elle en a le secret.

Zoé était terrible quand elle avait une idée en tête. Et toujours prête à m'entraîner dans ses 56 plans abracadabrants même si, je dois l'avouer, elle les mettait pratiquement tous à exécution, avec succès.

– Cette femme-là est merveilleuse, poursuivait-elle. Je l'ai connue un peu plus effectivement hier, en arrière de la barricade. Aujourd'hui, elle a ouvert le sujet sur les événements d'hier donc, et elle a été fantastique. Cette femme connaît plein de trucs sur l'intimidation. Elle nous en a parlé en long et en large. Elle a même dit qu'elle voulait se porter bénévole et créer un comité pour que les élèves puissent aller prendre des informations ou en donner. Je ne sais pas trop ce qu'elle a derrière la tête mais, une chose est sure, elle semble être très informée sur la chose et sensible à ce sujet. T'aurais dû l'entendre. Pour ton dossier, il faut absolument que tu réalises une entrevue avec cette femme. Fais-moi confiance. Je suis ta recherchiste après tout!

– Ma recherchiste? Mais où es-tu allée chercher cette idée-là? Je suis une apprentie journaliste, Zoé! Je n'ai certainement pas de recherchiste.

– Oh que oui, tu en as une. Honnêtement Laura, connais-tu quelqu'un de plus fouine que moi?

– Non, j'avoue.

– Alors laisse-moi aller. Tu vas faire un tabac dans ta salle de rédaction. Laura St-Pierre, journaliste d'enquête, c'est toi!

– Journaliste d'enquête? Quand même, Zoé! T'exagères pas un peu?

– Hey, t'es sérieuse ou pas dans ton nouveau métier?

– Bien sûr, je vais tout faire pour réussir, mais faudrait pas se prendre la tête! déclarai-je dans un éclat de rire qui ne fit pas vaciller pour autant la détermination de mon amie.

– Laisse-moi faire. Tout ce que je te demande, c'est d'aller rencontrer Élise Summers. Tu vas le faire?

– Oui, je trouve que c'est une bonne idée. De toute manière, je ne savais pas trop comment amorcer ma vaste «en-quê-te», la taquinai-je.

– Rigole comme tu veux, tu me diras merci plus tard…

– Merci Zoé, repris-je plus sérieusement cette fois.

– Mais non, je faisais des blagues là…, tempéra mon amie.

– Pas moi. Je ne blague pas. Je te remercie sincèrement. Tu ne sais pas à quel point tu m'as fait du bien ce midi.

– C'est vrai ?

– Tellement.

Chacune à notre burger, nous nous sommes tues tout à coup.

– Ben voyons, reprit rapidement Zoé. T'imagines si Ian Mitchell entrait ici et nous voyait comme ça, les yeux dans l'eau ? Deux belles tartes !

– Une tarte au citron, bonne idée. T'en veux une ?

Je ne pensais pas pouvoir avaler une bouchée en entrant dans ce restaurant. Finalement, j'ai même pris un dessert… Du grand Zoé.

Je n'étais pas la seule à avoir eu l'idée de commencer le travail de recherche rapidement. Sandrine Dutil était déjà dans la salle de rédaction à mon arrivée. Jimmy Savard m'avait suivie de peu. J'en étais à chercher le numéro de téléphone d'Élise Summers quand il fit son entrée théâtrale.

– Pas de problème, je serai là demain matin avec mon photographe. Soyez prêts! Oui, oui, c'est ça. Allez, à demain.

Sa voix résonnait dans le local. Sa tête était relevée, le menton légèrement pointé vers le haut, une main en l'air, il ne regardait aucune de nous deux.

– Mais à qui il parle? demandai-je à Sandrine, qui se mordait les joues pour ne pas rire.

– Je crois qu'il a un appareil dans l'oreille, regarde.

– T'as raison. Ben voyons donc!

Jimmy semblait avoir raccroché et se montrait désormais extrêmement affairé à chercher on ne sait quoi sur son écran d'ordinateur.

– Grosse journée de travail? badinai-je, histoire de le ramener un peu sur terre, mais sa réponse donna l'impression d'un garçon soudainement devenu un magnat de la presse.

– T'as même pas idée. Ça va être *hot*. Trop *hot*, répondit-il en ne daignant même pas relever les yeux.

– T'es sur une vaste enquête, c'est ça? en rajoutai-je.

Cette fois, Sandrine s'étouffa discrètement dans sa bouteille d'eau.

– Exactement, répondit-il sans s'apercevoir que je le narguais. Désolé, je n'ai pas beaucoup de temps pour discuter. On s'en reparle, dit-il en quittant le local aussi rapidement qu'il y était entré.

Je n'eus qu'à lever les yeux au ciel pour que Sandrine s'esclaffe enfin plus librement, n'osant toutefois pas ajouter de commentaire.

Je mis peu de temps à trouver le numéro recherché et à prendre rendez-vous le lendemain avec Élise Summers. La rencontre était fixée à 8 heures, à son bureau. Au téléphone, la dame était effectivement ravie de ma proposition d'entrevue. Elle m'avait rendu la chose facile. J'allais partir quand Sandrine se tourna vers moi.

– Je voulais juste te dire, Laura… Si tu as besoin de jaser de quoi que ce soit, quand tu veux, tu peux me faire signe.

Délicate en plus. Je l'aimais déjà.

– Je m'en souviendrai. C'est gentil, lui lançai-je avec mon-sourire-ravageur. Je dois filer, tu m'excuseras, j'ai rendez-vous avec Josh Hartnett. Paraît qu'il a déjà été intimidé à l'école. Il a manifesté le désir de me rencontrer…

Je l'entendais encore rigoler dans le corridor au moment de croiser Richard Dunn, qui se dirigeait vers notre salle de rédaction.

– Laura! Justement celle que je voulais voir! Me suivrais-tu dans mon bureau? Ce ne sera pas long.

Ce bureau qui m'avait tellement effrayée quelques jours plus tôt m'apparaissait pas mal plus sympathique cette fois-ci. L'homme aux lunettes bleues aussi.

– Assieds-toi. As-tu vu qu'on avait commencé à faire de la publicité pour notre journal ?

Il aurait été difficile de manquer les affiches qui s'étaient multipliées en après-midi et qui tapissaient les murs de notre école. M. Dunn n'avait pas perdu de temps. On y indiquait même les sujets à venir, ce qui m'avait valu de me faire questionner passablement sur ma série d'articles sur l'intimidation… Dans les questions qu'on me posait, je comprenais d'ailleurs que la plupart des gens s'attendaient à ce je revienne sur l'histoire de Simon.

– Oui, on m'en a beaucoup parlé aujourd'hui.

– C'est bon signe. Je crois que le journal suscite beaucoup de curiosité et d'intérêt. C'était ce que je souhaitais. Maintenant dis-moi donc, par où veux-tu commencer tes recherches pour ta série d'articles ?

– Je rencontre Élise Summers demain. J'ai su qu'elle voulait créer un comité d'écoute pour contrer l'intimidation, ou quelque chose du genre. Je vais en savoir plus demain.

– Très bien, ça ne me surprend pas d'elle. Élise est une femme altruiste. On aurait besoin de plus de gens comme elle, sourit-il. Et de mon côté, je voulais te suggérer de rencontrer le psychologue de l'école, Joël Cheney. Il peut te mettre sur certaines pistes lui aussi.

– Monsieur Cheney avait rencontré Jonathan Duval n'est-ce pas? C'est ce qu'on dit en tous cas…

– C'est peut-être ce qu'on dit, mais Joël ne te parlera jamais de Jonathan. Il est lié par le secret professionnel. Je pensais plus à un article sur les manières de détecter l'intimidation et sur des conseils à propager pour savoir comment réagir si on est au fait d'une situation du genre.

– Oui, en effet. Merci.

J'allais me lever quand il me signala de demeurer assise.

– J'ai autre chose à te proposer. Tu sais que je vous ai dit qu'au-delà du dossier, je souhaitais vous voir écrire un autre article par semaine sur l'actualité… Eh bien j'ai un sujet qui pourrait probablement t'intéresser… Est-ce que tu avais déjà une idée en tête?

– Non, je n'y ai pas encore réfléchi. Quel est votre sujet?

– Il s'agit de l'un de mes anciens élèves que j'ai rencontré hier. Comme plusieurs, je me suis rendu sur les lieux où ton frère était… hésita-t-il. Bref, il travaillait là-bas. Pour faire une histoire courte, il s'en va dans le Grand Nord la semaine prochaine pour trois mois et quand je lui ai raconté notre projet de journal et que je lui parlé de ma nouvelle équipe, il m'a proposé de collaborer avec nous.

– C'est un policier, un ambulancier ou un pompier?

– Aucune de ces réponses. C'est un photographe. Il m'a précisé qu'il te connaissait d'ailleurs. Il m'a même demandé s'il était possible que ce soit toi qui rédiges les articles... Je n'ai rien contre, en autant que ce ne soit pas un ami trop proche. Je ne veux pas de conflit d'intérêt, comme tu le sais. Tu le connais bien, Mitch ?

– Vous parlez de Ian Mitchell, là ?

Je crois que ma voix était un peu haut perchée. Un peu plus et je paraphrasais Zoé avec un « Tu-Me-Niai-Ses ! » bien senti.

– Ian, oui.

– Mais non, je ne le connais pas du tout même. En fait, je lui ai dit deux ou trois phrases hier, c'est à peu près ça, répondis-je sur la défensive.

– Ah bon, tant mieux. Parce que le sujet me semble vraiment intéressant. Une fois par semaine, tu pourrais prendre un angle différent. Il m'a proposé d'aborder le sujet du réchauffement de la planète, bien sûr, mais aussi les méthodes de l'organisme qui préserve les lieux là-bas. Il a évoqué aussi un article possible sur la traversée en haute mer, sur les conditions de vie sur un navire, sur le métier de photographe dans ces situations. On a le choix. D'ailleurs, il a vraiment du talent ce garçon. As-tu déjà vu ses photos ?

– Jusqu'à présent, j'en ai vu une seule... hasardai-je.

– Alors c'est parfait. À moins que tu refuses ?

Comment pouvais-je refuser ma toute première assignation ? Misère !

– Ça… m'apparaît… in… intéressant, balbutiai-je comme une imbécile.

– Très bien. C'est ce que je croyais alors je lui ai donné tes coordonnées et il devrait te contacter bientôt. Mieux que ça encore, il m'a aussi proposé ses services de photographe à son retour, quand il en aura le temps bien sûr… Mon budget pour le payer n'est pas énorme, mais quand même, puisqu'il nous l'offre.

Eh bien…

J'avais peine à le croire en sortant de son bureau. Ian Mitchell semblait désormais partout autour de moi. Et comme par hasard, voilà que je recevais un texto de Zoé.

Laura, il faut qu'on se parle avant que tu consultes tes messages courriels...

Décidément, je ne voyais plus le moment où je pourrais faire mes travaux d'école en paix. Ils commençaient à prendre du retard d'ailleurs.

Suis encore à l'école. Je t'appelle une fois rendue à la maison... 30 minutes de marche... J'en ai bien besoin. A+.

Son nouveau message arriva dans la seconde.

Ok, mais appelle-moi avant d'aller voir tes messages...

Cette fois, elle avait piqué ma curiosité. Assez pour consulter mes courriels dès mon entrée à la maison. Juste après la question de Lison.

– Ton sandwich au jambon, il était à ton goût ce matin ?

Dans le tumulte de la journée, j'avais complètement oublié de déjeuner. D'ailleurs, où diable avais-je foutu ce sac ?

– Oui maman. Merci, lui répondis-je à la sauvette, histoire de ne pas me taper un sermon sur l'importance des trois repas par jour.

– C'était des œufs.

Je sentis venir l'écueil…

– Pardon ?

– Ton sandwich Laura, il était aux œufs. Tu l'as oublié sur le siège de l'auto.

J'eus un sourire nerveux.

– Désolée. J'ai eu une journée malade maman, je te jure…

– Ce n'est pas une raison pour mentir.

– J'avais peur que tu me sermonnes sur les trois repas par jour…

– Effectivement, puisque tu en parles…

Dans le contexte, j'avais avantage à écouter. J'ai donc sagement attendu la fin de son allocution avant de pouvoir enfin m'esquiver.

Devant mon écran d'ordinateur, les choses se gâtèrent toutefois un brin. Dans mes courriels, je n'avais pas un, mais bien douze messages de Zoé. Enfin, ils étaient réacheminés par Zoé mais, dans les faits, ils avaient tous été écrits par des gens que je ne connaissais pas, ou peu. Plus bizarre encore, tous me parlaient de Jonathan Duval ! L'un d'eux retint mon attention plus que les autres.

Jonathan Duval est mort, Laura St-Pierre. Fous-lui la paix. Et ne t'avise surtout pas de revenir sur l'histoire de ton frère dans le journal…

C'est un peu avec la rage au cœur que je composai le numéro de téléphone de Zoé. Elle répondit aussitôt et ne me laissa pas le temps de placer un mot.

– Laura, t'en a mis du temps! Avant que tu consultes tes messages, j'ai juste un petit truc à te dire…

– C'est fait.

– C'est fait…?

– J'ai déjà consulté mes messages et j'attends les explications. Je ne comprends rien!

– Mais bien sûr… J'aurais dû attendre avant de te les acheminer, mais tu me connais…

Elle avait sa voix mielleuse des jours de mauvais coups…

– Je ne comprends toujours rien, la coupai-je.

– Voilà… poursuivait-elle en étirant le temps.

– Parle, Zoé!

– Oui, oui. C'est que, vois-tu Laura, j'ai commencé mon travail de recherchiste. T'inquiète pas, c'est moi qui dirigerai le trafic.

– Quel trafic? Vas-tu me dire ce qui se passe?

– Bien sûr… T'es pas allée sur Facebook, c'est ça?

– Non, je devrais?

– Pas vraiment, c'est ok…

– Si tu ne craches pas le morceau tout de suite, je raccroche et je rapplique chez vous!

– Non, non, je crache, je crache… J'ai fait un appel à tous sur ma page Facebook.

– Un appel à tous…

– Pour recevoir des informations sur Jonathan Duval et, Laura, tu vas être contente parce que ça marche en Jupiter, je te jure.

– Quoi ? C'est quoi au juste ton appel à tous ?

– Attends, attends, je te le lis… Bon sang, Laura, tu me stresses là… Ça va comme suit… « Appel à tous. Besoin d'informations sur l'histoire de Jonathan Duval pour un article portant sur l'intimidation de notre nouvelle journaliste Laura St-Pierre. Tout élément, avant ou après son suicide, qui pourrait nous éclairer sur les circonstances de sa mort serait grandement apprécié. Prière de m'écrire à mon adresse courriel (zoe.pellerin@hotmail.com) et de signer. Confidentialité assurée. C'est pour une bonne cause. J'acheminerai à Laura toute information pertinente. Merci à tous de votre précieuse collaboration ! »

J'en avais la mâchoire décrochée.

– Tu vois ? J'ai fait ça professionnellement et tout… continuait-elle.

– Et il ne t'est pas passé par la tête, CHÈRE-AMIE-DE-MON-COEUUURRRRR, de m'en parler avant de publier ce genre de trucs ?

J'avoue que mon ton était colérique.

– Euh… non. Dis-moi, qu'est-ce que tu fais, là ? As-tu soupé ?

– Non.

– Ok. Je vais chez toi à 19 h 30 et on analyse tout ça à tête reposée, qu'en dis-tu ? À moins que tu préfères passer chez moi ? T'en fais pas Laura. On va les avoir.

– Qui ça ?

– Ben… les méchants ?

– Hé, ho, je te rappelle qu'on n'est pas au cinéma, là !

– Laura, ne fais pas l'autruche. Tout le monde le sait que Jonathan Duval ne s'est pas suicidé pour rien. Et moi, je vois très bien pourquoi tu as choisi ce sujet. Essaye pas.

– Zoé, tu m'épuises. Est-ce qu'il va falloir que je te trouve des activités pour t'occuper ?

– Ben… si Thomas est libre, peut-être…

La voilà qui était repartie. Depuis des années, Zoé n'avait jamais cessé de jouer à la fille qui était éperdument amoureuse de mon frère. Et comme nous étions jumeaux, elle m'appelait sa « consolation »… Thomas en rigolait la plupart du temps, sauf quand Zoé l'appelait « mon chéri » devant d'autres filles, le forçant à s'expliquer.

Zoé n'était pas la fille la plus sexy en ville avec ses cheveux châtains difficiles à dompter, ses petits yeux « brun commun », disait-elle, et une taille maigrichonne qui l'impatientait royalement en attendant que des formes veuillent bien agrémenter sa silhouette. Ceci dit, elle en imposait tellement qu'elle devenait populaire partout où elle passait.

Simon était littéralement en admiration devant Zoé. Tellement qu'il était difficile de le tenir à distance quand elle venait à la maison. Il serait ravi de la voir ce soir.

– Ok. 19 h 30. Chez moi. Je te donne une heure, pas plus, parce que j'ai des travaux urgents qui attendent. Juste le temps de démêler tout ça.

En raccrochant, je pris la sage décision de remettre la lecture de ces courriels à plus tard. Par contre, j'avais un message sur Facebook qui ne put attendre.

Allo Laura. Content que tu aies accepté ma demande d'amitié. Richard Dunn m'a donné ton numéro de téléphone pour qu'on s'organise ensemble pour les articles concernant le Grand Nord. Du moins, j'espère que tu accepteras et que ça te fera autant plaisir qu'à moi. J'ai insisté pour que ce soit toi. J'avais le goût qu'on me laisse aux bons soins de l'héroïne du jour…

T'as sûrement vu la photo en une de La Nouvelle *ce matin… J'ai fait exprès de leur envoyer la photo qui te dissimulait le plus. Sur toutes les autres, on te reconnaissait trop facilement. Et pour tout dire, j'avais très peur que tu fracasses mon appareil-photo sur un arbre… Je travaille ce soir. Je te téléphone demain, vers 20 heures, pour organiser nos entrevues. À bientôt.*

Mitch.

Mignon tout de même.

Mardi 29 octobre, 19 h 45

J'avais eu à peine le temps de souper et de prendre un bain que, déjà, Zoé et moi nous affairions à éplucher les courriels reçus. Elle, assise sur mon lit avec son portable, et moi, à mon bureau.

– Pour qui il se prend celui-là? commentait Zoé sur le courriel qui me signifiait de laisser Jonathan Duval en paix. On dirait qu'il veut t'intimider, justement... Disons que je préfère celui-ci:

Je n'ai jamais vraiment compris pourquoi Jonathan Duval était rejeté des élèves de notre école. Ce gars était pourtant vraiment gentil. J'ai partagé un travail de classe avec lui quelques temps avant sa mort et jamais je n'aurais pensé qu'il songeait au suicide. Il m'avait confié qu'il commençait des cours de karaté au mois de juin. Il s'est tué le 25 avril. Je ne comprends pas.
Rebecca.

Un fif de moins. Pas la peine de se prendre la tête avec ça. Il ne pouvait pas se supporter lui-même, faut croire.
Brutus.

– Insignifiant. Pourquoi as-tu sélectionné ce message, Zoé?

– Parce qu'il reflète la bêtise de plusieurs. Vaut mieux connaître les humeurs de chacun. Je veux que tu sois informée de tout. Mais regarde plutôt celui-là…

Bonjour Zoé, belle initiative de ta part. La mort de Jonathan m'a secouée l'an dernier, comme plusieurs… J'étais dans ses cours et, effectivement, il ne l'avait pas facile. Je ne sais pas si tu as entendu parler du jour où des gars l'ont enfermé dans sa case ? C'est le gardien qui a entendu ses cris et qui a coupé le cadenas avec des pinces.

Curieusement, les semaines avant sa mort, j'avais l'impression qu'il était plus efféminé qu'avant. On dirait qu'il cachait moins son lourd secret. Je me souviens même de m'être dit qu'il était peut-être sur le point de sortir du placard… En tous cas, ça devenait de plus en plus évident qu'il était homosexuel. Je voulais juste mentionner que Jonathan avait aussi beaucoup plus de difficultés qu'avant dans ses cours… Il avait l'air plus dans la lune. La prof d'anglais lui avait même conseillé de rencontrer quelqu'un en dehors des classes pour pratiquer.

Élisabeth Doyon.

– Sa prof d'anglais, c'était qui d'après toi ? questionnai-je. Élise Summers ?

– Possible… Jonathan était en quatrième secondaire, comme nous…

– Et quand elle vous a parlé ce matin en classe, est-ce qu'elle a parlé de Jonathan ?

– Non. Elle a parlé de l'intimidation en général seulement.

Dans les faits, ces courriels nous amenaient peut-être à connaître un peu plus le profil de Jonathan Duval, mais sans plus. Rien que je puisse réellement récupérer pour un article à venir, sinon que, dans certains écrits, je comprenais que, pour plusieurs, il était plutôt bien vu d'intimider un plus faible.

J'ai vu Jonathan Duval se faire intimider. Il se laissait faire… Il ne répliquait même pas. Je crois que c'est sa propre lâcheté qui l'a mené où il est présentement. J'ai l'habitude de dire ce que je pense et je vois rapidement ceux qui sont capables de réagir et ceux qui sont trop mauviettes pour se défendre. Moi, quand quelqu'un m'attaque, il sait à qui il a affaire. Ils n'ont qu'à réagir!

No name.

– Parce que lui, il en a du courage hein? Même pas capable de signer! pestai-je.

– D'autant plus qu'il a l'air fier de ses propos, commenta Zoé.

Il me venait déjà un titre en tête pour mon article qui serait consacré aux gens qui intimident sans scrupule : « Taxeur et fier de l'être ».

J'avoue toutefois que le courriel qui me conseillait de laisser Jonathan Duval en paix avait de quoi rendre un peu mal à l'aise. C'est aussi le seul qui faisait mention de Simon, ce que je n'appréciais guère.

Mercredi 30 octobre, 8 heures

Élise Summers était tellement volubile que je n'arrivais plus à suivre le rythme sur mon calepin de notes, moi qui suis pourtant assez rapide habituellement, moyennant la méthode de sténo que je m'étais développée et que moi seule pouvais relire, j'en conviens.

En une demi-heure, je savais tout sur le phénomène de l'intimidation, sur ses effets, sur la loi du silence, sur l'importance de la communication, sur la nécessité de l'empathie, sur les ressources disponibles.

– D'ailleurs à ce sujet, Madame Summers, quelle est la nature du comité que vous voulez créer ?

– Tu sais ça, déjà ?

– J'ai une amie qui était dans votre cours hier matin quand vous en avez parlé.

– En fait, ce n'est pas un comité. Je suis en train de m'entendre avec la direction pour me dégager deux heures par semaine afin d'accueillir, à mon bureau, les élèves qui auraient des informations sur des sujets reliés à l'intimidation. Des gens qui en souffrent, ou tout simplement des gens qui en seraient témoins. Je ne suis pas psychologue, mais justement, je crois que certaines personnes seraient ouvertes à en parler plus librement avec quelqu'un qui ne serait pas là pour les analyser.

– Peut-être. Dès que vous aurez décidé de vos heures, on pourrait les publier dans notre journal ?

– Bien sûr, ça me rendrait même un fier service.

Elle s'était déjà levée, signifiant qu'elle devait partir pour son cours, quand je posai impulsivement ma dernière question.

– Jonathan Duval était l'un de vos élèves, n'est-ce pas ?

Elle se rassit.

– Effectivement… hésita-t-elle.

– Est-il vrai qu'il était moins attentif à ses cours dans… les derniers temps ?

– Oui, c'est vrai. Mais ses notes avaient commencé à dégringoler bien avant. Je dirais qu'il avait beaucoup de difficultés à se concentrer.

– Vous lui aviez conseillé de l'aide ?

– Ma foi, t'en sais des choses…

– …

– Bon, ce n'est pas un secret… C'est mon fils qui lui faisait pratiquer son anglais en dehors des cours.

– Votre fils ?

– Oui, Kevin me devait des sous et ne pouvait pas me rembourser. Pour honorer sa dette, j'empruntais ses services de temps à autre pour aider des élèves en difficulté.

– Votre fils étudie ici ?

– Non, il termine son baccalauréat en éducation physique cette année et, dans ses temps libres, il donne des cours de karaté en ville. Kevin est ceinture noire depuis qu'il a quinze ans, déclara-t-elle fièrement. Alors je me disais qu'une heure de bénévolat ici et là, ça ne pouvait que le rendre plus humain.

– Alors il rencontrait Jonathan Duval en dehors des heures de cours ?

– Exact.

– Il faisait ça chez vous, Kevin ?

– Non, monsieur a son propre appartement maintenant…, sourit-elle. Il faut dire qu'il a été chanceux. Il loue un appartement juste au-dessus de l'endroit où est situé son local. D'où les dettes qu'il a accumulées auprès de sa chère mère ! Pire, il s'est mis en tête d'acheter l'édifice un jour, c'est-à-dire le centre d'entraînement et le logement… J'espérais que le bénévolat le ramène un peu sur terre, mais il ne lâche pas prise si facilement… C'est même lui qui gère le club désormais. Avec les études, je trouve que c'est beaucoup, mais bon. Tant qu'il réussit…

J'aurais sans doute dû oser mais je ne l'ai pas fait. Je n'ai pas eu le courage de lui demander à quel endroit je pourrais joindre Kevin. Déjà qu'elle m'avait accordé beaucoup de temps, qu'elle avait été d'une générosité exemplaire et que je l'avais sans aucun doute déjà mise en retard pour son cours.

N'empêche que l'idée faisait son chemin pendant que, dans ma salle de classe, j'essayais tant bien que mal de comprendre les formules de chimie qu'on tentait obstinément de m'enfoncer dans le crâne. Entre deux formules, je notai :

«Trouver l'adresse de Kevin Summers — local de karaté.» Ce que je fis dès la fin des cours, en réintégrant la salle de rédaction. Selon les informations recueillies, le local de Kevin semblait être situé dans un centre de boxe, en fait. Je me souvenais vaguement d'avoir entendu parler de cet endroit, et pas en de bons termes… Enfin, la recherche avait été facile et il ne serait pas trop compliqué d'aller l'interroger là-bas.

Il me fallut un peu plus de temps toutefois pour rédiger le brouillon de mon article sur l'entrevue avec Élise Summers. Trop d'informations difficiles à condenser… J'avais un piètre esprit de synthèse. Mais le début de mon texte n'était pas si mal. La suite irait au lendemain.

Il était 18 h 30 lorsque j'empruntai enfin le chemin de la maison. J'aimais marcher ainsi, une fois la noirceur tombée, les écouteurs de mon iPod sur les oreilles. Mon plaisir était de noter, dans les divers foyers qui défilaient le long des trottoirs, quelles émissions tous ces gens étaient en train de regarder sur leur téléviseur. À chaque porte, c'était immanquable, on pouvait voir un écran géant s'animer au centre d'une pièce.

Ainsi concentrée sur cette activité extraordinairement inutile, je ne me rendis jamais compte de la présence au-dessus de ma tête, sur le viaduc que je venais tout juste de traverser. Je remarquai encore moins l'objet qui en avait été lancé. Je ne fis que sentir la douleur qui me frappa au haut du dos, tout près de ma tête.

Avec la surprise et le choc, j'eus le réflexe de m'accroupir au sol. Dans un premier temps, je crus d'abord à un morceau de béton du viaduc qui s'était décroché. Zoé m'aurait dit que j'écoutais trop les nouvelles, sans doute. Or, le viaduc était intact. En revanche, l'espadrille noire qui m'avait frappée était tombée net à mes pieds. J'ai attendu de retrouver un peu mes esprits avant de la cueillir, pour enfin noter qu'une enveloppe était attachée à ses lacets.

À l'intérieur, une feuille de papier.

Juste pour nous assurer que tu as bien compris le message. Si tu parles de ton frère dans l'un de tes articles, sois assurée que cette image va faire jaser sur le Web…

Dans l'enveloppe, il y avait effectivement une autre feuille repliée, plus petite, une photo imprimée… Simon !

La rage monta jusqu'à mes oreilles en feu. Zoé n'avait pas su si bien dire quand elle disait que j'étais victime d'intimidation à mon tour ! Ces jeunes étaient diablement arrogants !

J'avais déjà accéléré le pas sans m'en rendre compte vers la maison. Je courais, en fait. Et c'est à Thomas que je me confiai. Je me ruai dans sa chambre aussitôt entrée à la maison et lui racontai la totale. Les courriels, mon entrevue avec Mme Summers, l'espadrille, tout.

– Tu n'as rien vu ? Tu n'as aucune idée de qui il s'agissait ?

– Rien. Quand j'ai levé les yeux, j'ai cru voir une ombre, mais honnêtement, je me suis concentrée sur la structure du viaduc. Je croyais qu'il en était tombé un truc, tu sais… avec toutes ces histoires aux nouvelles… Mais arrête de t'inquiéter, tu me fous la trouille.

– Laura, je ne m'inquiète pas pour rien. Ces jeunes-là sont d'un culot !

Thomas était dans un état comme je l'avais rarement vu. Sa chambre était devenue trop petite pour les cent pas qu'il effectuait, le forçant à tourner en rond à la manière d'un lion en cage. En fait, nous étions deux dans cette cage, et ma propre colère rendait ma respiration haletante. J'en étais rendue à imaginer des plans de vengeance.

– Si on les trouve, on les égorge et on les noie, lançai-je à brûle-pourpoint.

– Laisse-moi faire. Si j'en pogne un, je lui arrache un morceau et je tape dessus avec pour faire peur aux autres ! répliqua Thomas, contre toute attente.

Le silence tomba net entre nous et s'étira un bon moment, jusqu'à ce que dans un relent de conscience, je me ressaisisse un peu, stupéfaite de notre réaction.

– Ok, ok, on se calme, essayai-je. Thomas, nous as-tu entendus ? On ne nous a pas élevés comme ça… Ma volonté est d'écrire des articles pour dénoncer l'intimidation, et nous, nous sommes en train de parler de meurtre ! Pas fort…

Mais l'atmosphère était encore chargée.

– En plus, ce sont des petits gars, des enfants… repris-je en réfléchissant à voix haute. Ils étaient certainement dans l'équipe de soccer de Simon, alors ils ne doivent pas avoir plus de treize ans…

Thomas demeurait silencieux, mais n'avait pas pour autant cessé ses rondes étourdissantes dans cette pièce qui, ma foi, me paraissait de plus en plus petite...

– Thomas, on n'en parle pas à maman hein? tentai-je en ultime recours. Elle a bien assez de Simon à s'occuper ces jours-ci sans l'inquiéter davantage... Il commence tout juste à s'en remettre. Il était tout heureux de m'annoncer, tantôt, qu'il était accepté à sa nouvelle école et qu'il débutait dès la semaine prochaine...

– Mais Laura, on ne peut tout de même pas passer ça sous silence, penses-y... Ils te refont le même coup! Ils essaient de t'intimider, faut que ça cesse!

– Lis, lui dis-je en lui tendant la feuille d'«avertissement». Ces gars-là pensent que je vais utiliser l'histoire de Simon dans le journal. On dirait que c'est cette histoire qui les effraie, bien plus que celle de Jonathan Duval si tu veux mon avis.

– Et qui nous dit qu'ils ne mettront pas cette satanée photo sur le Web? T'as pensé à Simon?

– Ils ne peuvent pas faire ça. Ils n'auraient plus de monnaie d'échange ensuite... Quand ils vont voir qu'il n'est aucunement question de Simon dans mes articles, ils vont penser que j'ai eu peur de leur menace et qu'ils me tiennent. J'aime mieux qu'ils croient ça pour le moment.

– Peut-être, mais il va tout de même falloir trouver de qui il s'agit. Ils ne peuvent pas s'en tirer comme ça.

– Évidemment. On va les trouver, on va les trouver…, répétai-je, pour me rassurer moi-même.

– Bon, et tes recherches sur Jonathan Duval, ça va te mener où donc ?

Je souris de constater la tentative de retour au calme que Thomas essayait de nous jouer. Une piètre performance en termes de crédibilité, mais sympathique.

– Pour l'instant, cette histoire me servira ici et là dans mes textes, pour illustrer certains trucs sur l'intimidation. Mais j'espère en apprendre un peu plus. J'aimerais écrire un article qui décrirait un peu qui était ce Jonathan Duval et surtout, donner aux gens une idée de ce qu'il a dû affronter. Au mieux, j'aimerais avoir quelques témoignages de gens qui savaient, ne serait-ce qu'un peu, comment il se sentait.

– Ce n'est un peu audacieux, ton projet ?

– Oui, je m'en rends bien compte mais je ne peux pas reculer maintenant. On verra bien… Au fait, est-ce que tu connais le club de boxe Handfield qui est en ville ?

– Un peu, mais je n'aime pas les gars qui tiennent ça… Les frères Handfield ont une saprée réputation. Le plus vieux est en prison, un autre est dans un état végétatif depuis un accident survenu l'an dernier, et je crois bien qu'il en reste un… En tout, je pense qu'ils sont trois frères. Pourquoi ?

– Tu savais que le fils d'Élise Summers donnait des cours de karaté à cet endroit ? Il gère même un peu la place, paraît-il.

– Kevin Summers?

– Exact, tu le connais?

– Tu parles! C'était le meilleur de mes cours…

Depuis le temps que Thomas était passionné d'équitation et qu'il en avait fait son loisir premier, en suivant des cours religieusement chaque samedi depuis qu'il avait huit ans, j'avais oublié sa tentative ratée en karaté il y a quelques années…

– Une bombe, ce gars-là, poursuivait-il. Il était plus vieux que nous par contre… Il était dans les groupes plus avancés, mais nous partagions le gymnase certaines fois. Les plus vieux étaient dans un autre coin et nous, nous les admirions en silence… J'étais tellement nul. Ils me foutaient des complexes, ces gars-là. Mais tu vois, aujourd'hui, l'histoire de Simon me fait regretter de ne pas avoir persisté…

– Et tu ne savais pas qu'il donnait des cours?

– Non, et je t'avoue que je trouve surprenant qu'il soit associé aux frères Handfield. Du souvenir que j'en garde, Kevin était un bon gars… Mais quel est le rapport au juste? Tu t'intéresses au karaté maintenant?

– Non, je m'intéresse à Kevin Summers.

– Ouais, tu ne les prends pas un peu vieux? Kevin Summers, Ian Mitchell…

– Ah non… Toi, tu as vu Zoé! C'est elle qui t'a dit ça, pas vrai?

– Qui d'autre? se bidonnait Thomas.

Même à distance, Zoé parvenait à soutirer des sourires dans une conversation qui avait des airs de drame quelques minutes plus tôt… Enfin, pour le moment, elle avait cet effet sur Thomas car, de mon côté, je l'imaginais bien davantage comme un cheval fou dont on a perdu les guides pour l'arrêter de galoper...

J'en eus pour une dizaine de minutes à tenter d'expliquer à mon frère comment Zoé fabulait et comment Ian Mitchell m'offrait une série d'articles sur un plateau d'argent. Tout cela devant un Thomas sceptique, bras croisés et sourire en coin.

– Bon, croyez donc ce que vous voulez, en conclus-je, contrariée.

J'avais la désagréable impression que les événements allaient plus vite que moi ces derniers temps.

– Laura, téléphone! me lança Lison au bas des escaliers.

En un instant, je devins blême. Un regard inquiet à ma montre et c'était confirmé. 20 heures. Pile. MERDE!

– Prends-le, je te laisse, lança Thomas. J'ai promis une partie de Wii à Simon et je t'avoue que cette fois-ci, c'est à moi que ça va faire du bien...

Ce qui me permit heureusement de filer à ma chambre et de m'y retrouver fin seule, en compagnie du paquet de nerfs qui se tordaient à l'intérieur de moi alors que je prenais le combiné.

Je dois avouer que dans la foulée des derniers événements, la voix de Ian Mitchell tomba dans mon oreille comme un baume. Elle était sérieusement agréable au bout du fil. Un timbre grave, très masculin, associé à une douceur juste parfaite qui tempérait le tout et qui confirmait la délicatesse que j'avais déjà notée chez lui.

Sans grand préambule, il avait déjà commencé à me suggérer des idées d'articles, me répétant plus en détails ce que Richard Dunn avait évoqué plus tôt. Je l'écoutais avec un sourire béat. Dans ses propos, il était évident que Ian Mitchell en savait un long bout sur le métier de journaliste. Plus que moi d'ailleurs, ce qui me mettait tout de même un peu mal à l'aise. Je ne pus que le lui souligner.

– C'est bien normal, Laura. Je passe de longues journées à regarder travailler les journalistes. Je suis au courant de ce qu'ils ont besoin d'avoir comme informations... Mais, tu sais quoi ? Chaque fois, je me demande comment ils vont parvenir à organiser tout ça dans un texte et, la plupart du temps, je suis admiratif en lisant leur papier le lendemain dans le journal. Je serais incapable de formuler tout ça clairement. Mais bon, j'ai aussi mes préférés...

– Justement, ça ne te fait pas peur de travailler avec une débutante ?

– Pas du tout. Ce n'est pas comme si j'étais mêlé à une affaire louche ou à un scandale. Tes papiers vont parler d'un sujet qui me passionne totalement... C'est plutôt agréable de pouvoir en parler et de faire connaître aux gens des aspects de mon métier !

– Vu de même...

– Aussi bien d'ailleurs briser la glace le plus rapidement possible. Si tu veux, on pourrait se rencontrer après-demain. Je ne veux pas te bousculer, mais il faudrait le faire avant mon départ dimanche et les préparatifs risquent de m'occuper pas mal d'ici là… Je pourrais t'expliquer mon séjour dans le Grand Nord et tu verrais alors sur quels aspects tu aimerais miser. Je pourrais même t'aider à te faire un plan de match si tu veux. Tu pourrais commencer à prendre des notes… Qu'en penses-tu ?

En raccrochant le combiné, une vingtaine de minutes plus tard, je m'aperçus avec une certaine délectation que tout semblait facile avec lui. Aucun temps mort, aucune hésitation dans cette conversation, comme si on se connaissait depuis des lunes…

Il devait venir me chercher à l'école le surlendemain, à 17 h 30. On irait souper dans un restaurant qu'il connaissait, pas trop loin, avait-il proposé…

C'est encore à lui que je pensais en tentant de trouver le sommeil, en toute fin de soirée. Avec les événements des derniers temps, j'aurais dû m'évanouir dans mon lit au lieu de virer d'un bord et de l'autre comme une anguille.

Je devais m'avouer que le stress commençait à me gagner, la peur aussi. Peur de ne pas être à la hauteur de mes nouvelles fonctions. Peur de décevoir. Peur de m'être trompée en abordant l'histoire de Jonathan Duval en toile de fond pour mes articles. Et peur… de l'effet que produisait en moi Ian Mitchell.

Jeudi 31 octobre, 7 h 45

Il fallait vraiment que j'aie les idées ailleurs pour ne pas me souvenir qu'on était le jour de l'Halloween. C'est dire le saut que j'ai fait en voyant Thomas accoutré en vampire à la table du déjeuner.

Il était hors de question de me trouver une tenue en vitesse. D'ailleurs avec les cernes que j'avais observés sur mon visage ce matin, je pouvais avoir l'air de faire partie du clan des vampires sans problème...

À l'école, l'Halloween donnait une impression d'étrangeté à cette journée. Il faut dire que, pour la première fois, je ne me sentais résolument pas dans le coup. Au fait, je ne sais pas si c'était de la paranoïa, mais il me semblait que les costumes de pompiers et de policiers étaient pas mal plus nombreux cette année...

Zoé me fit sursauter, quoique très jolie avec sa perruque de star, sa robe ultra courte en paillettes dorées et de dangereux escarpins qui la faisaient chanceler.

– Ouf, quel pétard! lui souris-je... Et tu es déguisée en quoi, au juste?

– Franchement, Laura. En Céline Dion, c'est pourtant évident!

– Bien sûr, où avais-je la tête...

– Dis donc, t'aurais pas vu un vampire rôder dans les parages par hasard? me souffla-t-elle.

– Je crois qu'il est à l'infirmerie, intoxiqué par une morsure.

– Tu-Me-Niai-Ses ?

– Évidemment que je te niaise, espèce de tête heureuse…

Toute la journée, j'ai sursauté. À l'approche d'un zombie ou d'un panda, d'une fée clochette ou d'un sorcier directement sorti de l'ère médiévale. Autant de sursauts qui me donnaient à croire que l'épisode de l'espadrille de la veille avait tout de même créé son mauvais effet.

Dans les faits, je ne pouvais m'empêcher de scruter tout un chacun. Dans les corridors, en classe, à la cafétéria, à la bibliothèque. C'est à la sortie de cet endroit que je croisai Thomas.

– J'ai un autographe de Céline Dion, indiqua-t-il, les yeux au ciel. Elle est vraiment cinglée, ta chum, rigolait-il. Mais très pratique pour se changer les idées…

– Tu penses à ce que je pense ?

– Je n'arrête pas d'analyser tout le monde aujourd'hui. Une vraie tête chercheuse…

– Je suis pareille… C'est fatiguant hein ?

– Oui. Et je me disais, Laura. Si on s'y mettait à deux, crois-tu qu'on réussirait à faire parler Simon sur l'identité de ses « tortionnaires » ? Après tout, maintenant qu'il sait qu'il va changer d'école…

– Parce que tu penses qu'en changeant d'école, il ne se souciera pas de voir ses fesses sur Internet ?

– Personne ne pourra savoir qu'il nous a parlé. Nous ne le répéterons à personne évidemment. Au moins, nous pourrions mettre la main au collet de ces petits cr… et leur faire cracher ce maudit cellulaire, non ?

– Malheureusement, je crois que tu rêves un peu trop sur ta planète de vampires…

– Ouais, ben laisse-moi encore réfléchir… Je trouverai bien. D'ailleurs, je crois que je vais marcher avec toi ce soir, au retour. Puis-je aller te retrouver dans ta fameuse salle de rédaction ? J'aimerais bien que tu me montres ça.

– Tu peux bien venir voir la salle si ça te chante mais, ce soir, je prends l'autobus de la ville. Je m'en vais rencontrer Kevin Summers à son local.

– Ah bon ? À quelle heure ?

– J'ai calculé que si je prenais l'autobus de 16 h 45, je pouvais être là vers 17 h 10. J'ai vérifié sur son site Internet, son dernier cours se termine à 17 h 30 alors j'ai de bonnes chances…

– T'as pris rendez-vous avec lui ?

– Non, je ne sais pas pourquoi, mais j'avais peur qu'il refuse…

– Tu vas lui présenter ça comment, alors ?

– Voilà mon problème. Je n'ai pas encore trouvé le meilleur moyen de l'approcher.

– Et si je t'accompagnais ? Il serait étonnant qu'il se souvienne de moi… Je pourrais jouer le gars qui est intéressé à suivre des cours ?

Le plan que nous avions échafaudé était plus ou moins au point, laissant place à une bonne dose d'improvisation une fois que nous fûmes rendus sur place.

D'abord, il y avait foule dans ce gymnase rempli de gars qui semblaient soucieux de se taper dessus. Non seulement je n'aimais pas l'atmosphère, mais j'étais contente maintenant d'avoir Thomas à mes côtés.

Or, contrairement à ce que mon frère croyait, Kevin Summers l'identifia tout de suite, l'entraînant joyeusement dans sa salle de cours. Le local était calme maintenant qu'il était vide, mais il en émanait néanmoins une bien désagréable odeur de sueur.

Il me fallut combattre une vague montée de nausée et attendre calmement que Thomas en finisse de poser toutes ses questions sur les cours qui l'intéressaient prétendument avant qu'il me présente enfin.

– Enchanté, me salua Kevin prestement.

– Tout le plaisir est pour moi. J'apprécie beaucoup ta mère.

– Elle t'enseigne l'anglais?

– Non, je ne suis pas dans ses cours, mais je l'ai interviewée justement hier, pour une série d'articles que j'écris pour le journal de l'école…

– Et elle a fait quoi, ma mère, pour avoir cet honneur?

– Elle se porte bénévole pour une cause qui me tient à cœur…

– Ça ne m'étonne pas de sa part, sourit-il enfin. Ma mère est un peu portée sur le bénévolat…

– En tous cas, on ne peut pas dire qu'elle n'est pas fière de son fils, enchaînai-je, en cherchant mes mots pour que Kevin Summers ne me voit pas venir avec mes gros sabots. Le karaté, la ceinture noire, l'université…, repris-je, incertaine.

– Elle a raconté tout ça?

– Oui, et le bénévolat en plus! On dit que l'orange ne tombe jamais bien loin de l'oranger...

– La pomme, Laura... intervint Thomas.

– Quoi?

– On dit que la pomme ne tombe jamais bien loin du pommier...

– Oui, c'est ça, dis-je en tournant vers lui de grands yeux suppliants. Elle m'a raconté que Kevin se portait volontaire pour faire pratiquer l'anglais à des élèves en difficulté... expliquai-je à Thomas, pour gagner du temps.

– Volontaire est un bien grand mot, rectifia Kevin Summers qui, du coup, me sortait un peu de l'embarras.

– En tous cas, ce devait être apprécié parce que j'en ai entendu parler entre les branches. Paraît que Jonathan Duval avait progressé beaucoup avant que... avant son décès.

Cette fois, non seulement j'étais rendue à bout de ressources dans ma pénible joute d'improvisation, mais le regard de Kevin Summers s'assombrit visiblement, créant un malaise bien senti. Il me regardait fixement désormais. Je vis son regard devenir noir.

– Les articles que tu écris, l'entrevue avec ma mère, ça porte sur quoi au juste? questionna-t-il à brûle-pourpoint en sortant de sa torpeur.

– C'est une série sur l'intimidation à l'école.

Je n'avais plus le choix. Je ne pouvais lui mentir plus longtemps. Les dés en étaient jetés. Le visage de Kevin Summers avait changé. Il était rouge, son visage. Irrité, assurément.

– Les cours de karaté, c'était du bidon n'est-ce pas? ragea-t-il, en interrogeant Thomas cette fois.

– C'est ma faute, intervins-je prestement. C'est moi qui lui ai demandé de m'accompagner. Je suis désolée, c'était bête de ma part. Kevin, j'aimerais beaucoup m'entretenir avec toi pour parler un peu de Jonathan Duval. Rien ne sera écrit contre lui, je t'assure, au contraire…

– Je vous prierais tous les deux de ne pas me faire perdre plus de temps, tonna-t-il soudainement. Je veux fermer mon local maintenant, alors la porte est là.

Thomas et moi étions figés sur place.

– Je vous ai dit de sortir d'ici! reprit-il, non moins en colère. Et sachez que je n'aime pas les menteuses.

Cette fois, il m'avait piquée. Thomas se dirigeait déjà vers la porte quand je regardai mon «opposant», droit dans les yeux.

– Tu es le premier qui réagit de la sorte en apprenant le sujet de ma série d'articles. C'est tout de même curieux… lançai-je. En général, les gens sont plutôt heureux d'apprendre que je soulève la mort de Jonathan Duval, ne serait-ce que pour que sa mémoire soit saluée dignement et que l'intimidation à l'école cesse d'être un sujet tabou. Je peux bien m'excuser de ne pas avoir été franche dès le départ avec toi, mais je ne m'excuserai certainement pas de vouloir éclaircir, ne serait-ce qu'un peu, les circonstances malheureuses de son suicide! À l'école, nous savions tous qu'il vivait du harcèlement et nous n'avons rien fait. Rien!

Personnellement, je souhaite agir maintenant. J'espérais que tu puisses me parler de lui un peu. Il n'avait pas beaucoup d'amis, et tu étais dans son entourage à cette époque... C'est si mal que ça selon toi?

Kevin Summers avait baissé les yeux cette fois, scrutant le sol attentivement, sans ajouter quoi que ce soit. Mais j'étais partie sur ma lancée et je n'en avais pas tout à fait terminé avec lui.

– Je ne m'attendais pas à ce que tu m'en parles maintenant. Je voulais te rencontrer, tout simplement. Créer un premier contact et te demander de m'aider un tout petit peu, repris-je plus calmement.

– ...

– Prends au moins le temps d'y réfléchir. Avec ou sans ta collaboration, je vais écrire cette série d'articles, enchainai-je en fouillant mon sac à la recherche d'un papier et d'un crayon que j'utilisai illico pour noter mon nom, mon adresse courriel, mon numéro de cellulaire et mon numéro de téléphone à la maison.

En lui tendant le bout de papier, qu'il cueillit, je devinai qu'il cherchait ses mots. Mais, après un petit moment d'attente, aucun ne semblait vouloir sortir de sa bouche, sinon un «Partez maintenant...», qui avait désormais un tout autre ton. Une sorte de résignation, je crois. Une espèce de tristesse aussi, traversée de je ne sais trop quel autre sentiment.

J'emboitai le pas à Thomas sans en dire davantage. Ce n'est que sur le trottoir que mon frère fit une tentative de blague ratée.

– Ouf. Si j'étais toi, je miserais davantage sur Ian Mitchell. Je ne crois pas que tu sois tombée dans l'œil de Kevin Summers…

– Zoé Pellerin, sors de ce corps, lui lançai-je en retour.

– Pas toujours facile le métier de journaliste… n'est-ce pas ? laissa-t-il tomber avant que le silence nous gagne. Un silence bienfaisant, je dois avouer. Qui persista dans l'autobus. Et encore sur nos pas en marchant de l'arrêt jusqu'à la maison.

Sur le pas de la porte, Thomas serra mon bras affectueusement avant d'entrer. Comment les gens font-ils pour vivre agréablement sans avoir de jumeau à leurs côtés ?

Non seulement ma garde-robe était sens dessus dessous après mes tentatives pour me trouver une tenue convenable pour ma première entrevue avec Ian Mitchell, mais mes recherches vestimentaires avaient été vaines. Ma situation était résolument un cas pour Zoé, qui se délecta de mon coup de fil. Il lui avait fallu moins de quinze minutes pour rebondir chez moi.

À la maison, il y avait belle lurette qu'on ne faisait plus de cas de ses visites impromptues à toute heure. Zoé faisait pratiquement partie de notre clan depuis que nous avions sept ans toutes les deux... Maman l'appelait sa fille adoptive, papa la surnommait affectueusement «la tornade brune», Simon levait immanquablement ses grands yeux admiratifs sur elle dès qu'elle mettait les pieds dans la maison et Thomas ne pouvait pas plus que moi résister à son humour, même s'il ne l'avouerait jamais.

Tous étaient au courant des ambitions de Zoé d'infiltrer le milieu de la mode dès le secondaire terminé, à commencer par des cours en design de mode au cégep, qui devaient la mener à créer ses propres vêtements un jour et lui permettre d'avoir ultimement sa propre boutique, voire sa propre griffe.

Ce soir-là, il lui fallut à peine dix minutes pour me donner ses consignes : un jeans foncé ajusté, une tunique gris anthracite, une ceinture grise plus sombre et un collier métallique sobre, quoique assez éclatant pour donner un peu de vivacité à l'ensemble. Le tout se terminait par des petites bottes courtes de style légèrement militaires, avec de tout petits talons. Celles-là, elles me les avaient apportées de sa propre garde-robe.

– Cool sans avoir l'air d'une petite étudiante. Sexy juste ce qu'il faut sans jouer cette carte. Relax et professionnelle à la fois. Mais surtout, on ne te donne absolument pas tes quinze ans, analysa mon amie en me détaillant de la tête aux pieds, de son air professionnel, avant de me laisser voir le tout en orientant le miroir vers ma nouvelle allure.

Rien ne clochait. Absolument tout était parfait.

– Et ce sourire-là aussi, tu devrais le porter demain soir, ajouta-t-elle, plantée derrière moi, face à la glace.

– Mission accomplie, Zoé Pellerin, saluai-je solennellement.

– J'imagine que ça vaut bien quelques petits secrets ? lâcha-t-elle alors, en s'installant confortablement sur mon lit.

– Que veux-tu savoir, encore ?

– J'aimerais bien savoir ce que tu en penses vraiment, de ce Ian Mitchell. Il est de ton goût hein ?

– Nous n'aurions pas déjà eu cette conversation-là au restaurant, par hasard ?

– Oui, mais voilà. C'est que tu ne m'as pas téléphoné pour savoir quelle tenue porter lors de ton entrevue avec Richard Dunn… Et encore moins avec Élise Summers, n'est-ce pas ?

– Zoé, que veux-tu que je te dise ?

– Ce que je ne comprends pas, c'est ça justement. Ton silence. On a l'habitude de se parler des gars sans tout ce niaisage habituellement, pourtant… insistait-elle. Prends ton béguin pour Frédéric Lemay l'an dernier… Tu ne t'es pourtant pas gênée pour m'en parler. J'avais même eu droit à des détails assez amusants merci! sourit-elle.

– Et tu as vu ce qui est arrivé aussi?

– Rien, il n'est rien arrivé de grave à ce que je me souvienne?

– Ben justement. Il n'est rien arrivé du tout. On a jasé de tout ça pour rien.

– Ce n'est pas ça qui te chicotte… C'est autre chose…

– Qu'est-ce que tu en sais?

– Je n'en sais rien parce que, pour une raison qui m'échappe, tu ne me dis rien. Et ça m'énerve, si tu veux le savoir!

– Je ne voulais pas nécessairement le savoir, lui souriai-je en tentant une manœuvre de dissuasion. Mais rien n'y fit.

Cette fois, Zoé ne souriait plus.

– Je suis une conseillère vestimentaire ok, mais pour le rôle de la confidente on repassera… C'est ce que je dois comprendre, Laura?

– Mais non, arrête un peu, là…, essayai-je de minimiser.

– C'est ça, oui. Arrête un peu, Zoé. Et je recommuniquerai avec toi quand j'en aurai besoin…

Il n'était pas dans les habitudes de mon amie de s'offusquer ainsi. De toute évidence, on touchait une corde sensible ici. Une corde qui tenait, je crois, à la confiance que je plaçais en elle…

– Zoé, tu sais bien qu'en matière de gars, tu as toujours été ma toute première confidente. Ma seule, je dirais même. Et ça ne changera pas. C'est juste que cette fois-ci, c'est différent.

– Je vois ça. Et justement, je me demande bien pourquoi?

– Parce que cette fois-ci, c'est du rêve. Rien qui pourrait se passer dans une cours d'école, mettons.

– Ben, peut-être pas dans une cours d'école à la récréation mais… sait-on jamais… dans le stationnement de l'école? Dans sa voiture…? Il a une voiture, hein? Puisqu'il vient te chercher demain à l'école à 17 h 30…

– Rien qui puisse se passer dans un stationnement non plus, précisai-je.

– Parce qu'il ne te plaît pas, c'est bien ce que t'essaies de me faire croire?

Je ne pus que sourire devant la méthode Zoé Pellerin. C'est ainsi que, chaque fois, avec une détermination incroyable, elle venait à bout de mes résistances.

– Ok, t'as gagné.

Et cet air qu'elle prenait quand elle obtenait satisfaction… Celui de la victoire.

– Ian Mitchell est un gars qui me semble particulièrement gentil. Et il est beau, c'est vrai. Réellement beau. Je pourrai t'en dire un peu plus après ma rencontre avec lui demain parce que son image reste un peu floue désormais. Tu oublies peut-être qu'au moment où je l'ai rencontré, j'étais passablement préoccupée par autre chose que par sa grandeur, par son visage ou même par ses fesses, si tu veux tout savoir.

– Et... ce qui t'as frappée...

– C'est son regard. Un regard profond. Intense. Mais faut dire qu'on était dans une situation assez particulière.

– Et...

– Et son sourire. T'aurais dû voir son sourire, Zoé! Un mélange de timidité et d'assurance... Ce souvenir-là, il est bien clair. Il a un sourire terrible. Complètement craquant. Et je ne te parle pas de sa bouche!

– Eh bien, finalement, t'en as vu des choses?

– C'est que je suis allée fouiner un peu sur sa page Facebook par la suite... Dans la plupart de ses photos, on le voit en action, de loin, mais il y en a une qui me l'a rappelé plus que les autres disons...

– Et tu attends quoi pour me la montrer?

– J'attendais que tu le demandes. Je ne voulais surtout pas t'assommer avec ça, la taquinai-je en me dirigeant vers mon ordinateur.

La photo était dans un fichier sur mon écran. Une fois agrandie, Ian Mitchell se révéla à Zoé dans toute sa splendeur...

– Ouch! cria-t-elle, debout devant mon bureau.

– Arrête, tu vas alerter toute la maison!

Zoé fit mine de perdre pied et me réclama ma chaise illico, feignant la fille qui allait tomber.

– Laura St-Pierre, c'est quoi ton problème avec ce mec?

– Tu le vois là, mon problème. Il est juste en face de toi. T'as vu un peu ce gars-là? S'il n'a pas une blonde et qu'il n'est pas solidement engagé, c'est qu'il les collectionne, les blondes. Crois-moi!

– Ou qu'il est gai...

– Oh non, il n'est pas gai. Ça, je pourrais le jurer.

Elle n'arrêtait plus de sourire.

– Comprends-tu maintenant pourquoi je sais que je n'ai aucune espèce de chance qu'il daigne jeter... ne serait-ce qu'un coup d'œil intéressé sur la petite floune de quinze ans que je suis?

Le seul fait que Zoé cherchait ses mots voulait tout dire.

– Alors s'il te plaît, Zoé, arrête un peu de me narguer avec Ian Mitchell. Ce sera déjà assez difficile comme ça de me convaincre moi-même de ne pas rêver... Juste de savoir que je vais le revoir demain, j'en suis complètement chavirée! T'imagines!

– A-yo-ye.

– Comme tu dis... Ouch. Ayoye. Ce gars-là est un danger ambulant qui risque à tout moment de me brûler le cœur. Maintenant, si tu es une vraie amie, trouve-moi donc un antidote au plus sacrant... Je pensais ne plus jamais le revoir et là, avec les fichus plans de Richard Dunn, on dirait que je vais le voir partout!

– Mais Laura... Avoue que ça va être plaisant, quand même...

– Si j'avais une chance, aussi minime soit-elle, je te le crierais à quel point ce serait plaisant! Je te le mimerais, je te le danserais, je te le chanterais! Je te jure! Mais ce soir, tout ce que je peux te confier c'est: veux-tu bien me dire comment je vais parvenir à garder une contenance devant ce gars-là au restaurant demain soir?

C'en était fait. Zoé avait atrocement réveillé tout ce qui vibrait en moi depuis des jours. J'en tremblais presque maintenant.

– Ok, on se calme, on se calme…, souriait désormais Zoé.

– Mais ce n'est pas ça le pire! enchaînai-je dans ma nouvelle lancée.

– Ah non?

– Nooonnnnn…

C'était sorti comme une longue plainte.

– Non. Le pire, Zoé, repris-je, c'est qu'on dirait qu'il a décidé de me prendre sous son aile! Il n'arrête pas de me dire qu'il veut m'aider ici, qu'il veut m'aider là. C'est lui qui a insisté auprès de Richard Dunn pour que ce soit moi qui réalise les entrevues avec lui. Tu te rends compte?

– Attends, attends, Laura. Tu paniques, là… Toi qui es capable de monter dans une nacelle et de braver tout le monde pour aller chercher ton frère, ce n'est tout de même pas un simple gars qui va te faire perdre tes moyens?

– Ce n'est pas un simple gars. C'est ce gars-là! CE-GARS-LÀ, répliquai-je en pointant mon écran d'ordinateur.

– Tu as bien dit un antidote, hein?

Cette fois, elle avait réellement l'air embêtée. On s'est regardées longuement avant qu'elle me donne son verdict.

– Bon… hésita-t-elle, avant de rendre les armes. Ok, je pense que t'es un «in-ti-peu» dans le trouble, là.

De me voir pendue ainsi à ses lèvres, en quête d'un peu de bon sens, la fit sourire de nouveau. C'est alors qu'elle prit un miroir sur ma commode et qu'elle le plaça devant mon visage.

– La preuve… enchaîna-telle.

Ma face était désespérée. C'est le ridicule de la situation qui nous fit éclater de rire. La fatigue aussi, sans doute. N'empêche que le rire demeure encore le plus bel exutoire que je connaisse. Et au point où j'en étais rendue…

Vendredi 1er novembre, 16 h 30

Il tombait des bombes autour de moi cette semaine-là… C'est Thomas qui arriva avec la dernière. Je l'avais cherché sans succès à l'heure du dîner, pour finalement laisser tomber. J'étais toutefois heureuse de recevoir un texto de sa part en après-midi.

Laura, peux-tu me rejoindre à la salle des pas perdus à 16 h 30?

En attendant Ian Mitchell qui devait venir me chercher à 17 h 30 devant la porte d'entrée de l'école, j'avais prévu poursuivre l'écriture de ma série d'articles dans notre salle de rédaction, mais je me doutais que la concentration pourrait me faire défaut… Thomas tombait à point.

Son commentaire aussi, d'ailleurs.

– Très beau, ce que tu portes. C'est nouveau?

– Non, mais l'agencement, c'est du Zoé Pellerin, expliquai-je, en tournoyant comme si je lui présentais une œuvre d'art.

La salle des pas perdus, habituellement toujours bondée à toute heure du jour, était pratiquement déserte à cette heure-là. Dans un coin, un petit groupe de cinquième secondaire avait l'air de discuter de leur album des finissants alors qu'un autre groupuscule échangeait apparemment sur le palmarès de leurs meilleurs films d'horreur.

– Maintenant, assieds-toi, indiqua Thomas.

Je n'aimais pas cet air grave. Ce qui me fit obéir sans chichi.

– Je ne sais pas trop comment te dire ça, bredouilla-t-il.

– Le plus… simplement possible? proposai-je.

– Oui, et bien voilà. C'est ce matin que la liste des équipes de soccer de l'école a été publiée sur le babillard du gym. Je suis allé consulter celle de première secondaire et j'ai noté tous les noms des petits gars qui en font partie. Tu me vois venir?

– Un peu, oui… Ils sont combien au juste?

– Ils sont 17, mais j'en ai sélectionné quelques-uns. Regarde, dit-il en me tendant une feuille qu'il avait fait imprimer pour moi. Les cinq noms qui sont surlignés en jaune sont les jeunes qui sont les moins commodes…

– Et tu fais quoi pour savoir qui est commode ou pas?

– Je suis allé consulter un de nos anciens professeurs de secondaire un. Bruno Harvey.

Je me souvenais de lui maintenant. D'ailleurs, je l'avais vu récemment.

– C'est avec lui que tu discutais le jour où Simon est monté dans l'arbre, si je me souviens bien…?

– Exactement. Bruno a toujours été là pour moi quand j'ai eu des difficultés en français. Je ne le vois même plus comme un prof, mais davantage comme un ami. Bref, Bruno et moi, on a beaucoup discuté de l'histoire de Simon ces derniers temps. Il l'avait dans ses cours et il avait très bien cerné notre frérot. Sa manie de dire tout haut ce qu'il pense, bien sûr, mais aussi son intelligence, sa sensibilité. Bruno est un fin observateur.

– Est-ce qu'il avait noté que Simon était rejeté par les autres?

– Oui. Bien en fait, il dit que ce n'était pas si répandu. Il semble que Simon était tout de même apprécié de plusieurs, mais que certains leaders du groupe semblaient l'avoir pris en grippe, qu'ils avaient une mauvaise influence et qu'il était plutôt mal vu, selon lui, de côtoyer Simon. Par contre, il ne savait pas qu'il avait autant de problèmes à l'extérieur des classes. Il n'avait pas non plus relié ça à la chute de ses notes, qu'il avait pourtant remarquée. Lui aussi, il était tout croche le jour où Simon a grimpé dans cet arbre. Il était sonné, comme nous.

– Mais si je comprends bien, tu savais tout cela bien avant ce matin. Ce n'est pas pour cette raison-là que tu es allé le voir aujourd'hui…

– Effectivement. Bruno connaît pas mal les jeunes élèves et il m'a tracé un profil sommaire de chacun. Dans l'équipe de soccer, il en a ciblé cinq qui, selon lui, auraient des problèmes de comportement plus évidents que les autres. Regarde les noms que j'ai surlignés…

– …

– Il n'y en a pas un qui te frappe?

Dans cette liste, il y avait un garçon qui se nommait Michael Handfield.

– Thomas… Il y a beaucoup de chiens qui s'appellent pitou, comme dirait maman.

– C'est ce que je m'étais dit au départ, mais non Laura. Ce jeune Michael est bel et bien le petit dernier des frères Handfield...

Thomas me regardait avec l'attitude de celui qui avait trouvé qui a tiré sur le président Kennedy, rien de moins.

– J'ai discuté de lui avec Bruno, et il m'a dit qu'il avait de la «graine familiale», disons. Il n'était pas encore prof quand le plus vieux des frères Handfield était en première secondaire, mais il a enseigné aux deux autres et il parle de ce clan comme d'une famille hautement dysfonctionnelle. Ce sont des petits *tough*. Des jeunes élevés à la dure. Le plus vieux, il serait en prison pour trafic de drogue, extorsion et voies de faits graves. Selon lui, il en aurait pris pour dix ans.

Plus je comprenais les motivations de Thomas et plus l'air semblait se rafraîchir dans cette grande salle des pas perdus.

– Thomas, tu ne crois pas que tu sautes un peu vite aux conclusions ?

– Je ne tire aucune conclusion, Laura. Je ne fais que certaines observations. Rien de ce que je te dis ne sort de mon imagination, je te signale. C'est écrit noir sur blanc.

– Ce que je vois là, c'est un nom. Et il y en a d'autres, quatre autres qui sont aussi surlignés en jaune d'ailleurs.

– Je sais tout ça, mais il faut bien commencer à quelque part ?

– Commencer quoi, au juste ?

– Écoute. Je te demande ton aide. Je ne pourrai jamais faire parler Simon tout seul. J'ai besoin de toi.

– Tu veux que Simon dénonce ce petit Handfield ? S'il s'agit du bon, évidemment… C'est ça ?

– Je veux commencer par voir comment il va réagir quand nous allons lui parler de ces petits gars-là. Je veux essayer de voir dans son attitude si nous ne devinerions pas d'abord de qui il s'agit sans qu'il ait l'impression de se compromettre.

Je frissonnais bel et bien maintenant.

– Tu me fais un peu peur Thomas, là…

– Tu n'as pas à t'inquiéter. Tout ce que je veux faire, c'est l'aider… Es-tu capable de dormir en paix, toi, en sachant qu'il a une épée de Damoclès qui lui pend toujours au-dessus de la tête ?

– Pas nécessairement.

– Je vais essayer de voler le téléphone du petit Handfield lors d'une pratique de soccer. C'est le seul moment où il risque de le laisser dans sa case. Je l'ai repéré ce midi, il traine son fichu cellulaire avec lui partout où il va.

– T'as fait quoi ?

– Je l'ai suivi, juste un peu, seulement pour me faire une tête.

– Ohhhh boy, Thomas. Tu te lances dans les grandes ligues, là. Je n'aime pas ça…

– Laura, tu as ton journal pour te changer les idées, mais moi, tu t'imagines que je peux rester là sans rien faire ? Si Simon nous donne un indice, ne serait-ce que dans son langage non-verbal, ou s'il en vient à cracher le morceau, je vais prendre ces images et ce sera nous, cette fois, qui aurons le gros bout du bâton, crois-moi !

J'en compris qu'il était diablement sérieux. Il faisait moins dix, ma foi, dans cette fichue pièce !

— Je te souligne que ce que tu veux faire, c'est un peu, pas mal, du vol. C'est dingue, affirmai-je.

— Et moi je te dis que… qui ne risque rien n'a rien, laissa-t-il tomber, catégorique.

Les gens avaient beau nous répéter à qui mieux-mieux que Thomas et moi avions les mêmes tics, les mêmes expressions et les mêmes intonations, de mon côté je trouvais qu'il ressemblait de plus en plus à papa dans ses réflexions, et même dans ses tournures de phrases.

— Thomas, la photo de Simon que j'ai reçue presque sur la tête, c'était une page imprimée. Ça, ça veut dire que la photo n'est pas que dans le cellulaire du filou qui l'a prise. Elle est aussi dans un ordinateur, forcément. Il n'a quand même pas fait une impression à partir d'un cellulaire !

— Je sais, j'y ai réfléchi. Mais si nous avons en mains la preuve de la culpabilité de ce petit bandit, nous avons non seulement matière à le faire renvoyer de l'équipe de soccer, mais nous avons de quoi le faire renvoyer de l'école. Et qui sait, peut-être plus… Personne ne va cautionner un geste aussi stupide et méchant. On le tient. À notre tour de le faire chanter. Il va les cracher les photos, l'ordinateur, tout, je t'en passe un papier.

– Et s'il décidait de se venger hein ? S'il décidait de jouer le tout pour le tout et de mettre en ligne ces fichues photos, juste par bravade ?

– Alors c'est la police qui va s'occuper de lui ! C'est le risque à prendre !

– Thomas, mais c'est dingue tout ça !

– Vraiment ? Tu as autre chose à me proposer peut-être ?

Je ne sais pas combien de temps nous sommes restés figés comme ça. Assez longtemps pour que les gens qui semblaient organiser le journal des finissants tournent tour à tour les yeux sur nous. Ce sont eux qui ont sonné l'alarme de mon côté. Il était 17 h 20 maintenant. Mon frère me regardait, fixement.

– Je ne sais pas quoi te dire, Thomas. Tu viens de m'assommer.

– Alors ne dis rien. Tout ce que je te demande pour le moment, c'est d'y penser.

– Oui. Laisse-moi réfléchir... Je dois y aller maintenant. J'ai une entrevue à 17 h 30.

Par bonheur, Thomas était tellement pris par ses pensées qu'il n'a même pas cru bon me questionner sur l'objet de cette entrevue, qui devait s'approcher de l'école maintenant d'ailleurs...

Vendredi 1er novembre, 17 h 30

Zoé n'en serait juste pas revenue. Avec ses jeans, son tee-shirt noir et son manteau de cuir brun, Ian Mitchell était encore plus éblouissant que sur la photo que je lui avais présentée. C'est sans prendre en considération le sourire qu'il m'a servi généreusement quand j'ai atterri nerveusement sur le siège du passager de son Jeep bleu, l'air un peu hagard, je crois.

Mon conducteur ne sembla pas trop en faire de cas.

– Du thaïlandais, est-ce que ça t'irait ? Je connais un endroit où ils font le meilleur poulet aux arachides qui soit. Tu n'es pas allergique toujours ?

– Non. C'est bon, ça ira. Très bonne idée.

– Et attends de voir les autres !

Mon regard l'alerta.

– Mes idées d'articles, je parle… rigola-t-il. Et vous, comment ça va Laura-St-Pierre-journaliste ?

C'est ainsi qu'il m'arracha mon premier sourire. Et je n'avais pas de difficulté à croire qu'il y en aurait d'autres. Ian Mitchell semblait être dans une forme parfaite. Les choses ne se gâtèrent pas au restaurant.

Le poulet aux arachides, les épinards croustillants que je dégustais pour la première fois, l'éclairage tamisé, les murs rouges, les banquettes noires, les toiles asiatiques multicolores, les yeux verts de mon interlocuteur qui brillaient au-dessus de la petite lampe de table qui créait l'effet d'une chandelle, tout était exquis. Incluant ses multiples idées d'articles qui commençaient à m'interpeller sérieusement.

À tout seigneur tout honneur, je débuterais avec un portrait de lui et de l'expédition qu'il allait entreprendre, histoire de mettre mes lecteurs dans le contexte et de leur présenter le passionné personnage que j'avais devant moi. Il s'animait en décrivant la cause écologique qu'il chérissait et en vantant les mérites de l'équipe avec laquelle il prendrait la route. Ou le fleuve plutôt.

« Prendre le fleuve jusqu'à en perdre le nord »

Cette idée de titre me fit rigoler intérieurement. Disons que cette image-là illustrait plutôt mes propres rêves de partir un jour avec lui…

À répétition, je devais me ressaisir pour demeurer concentrée, ce qui me réussissait tout de même plutôt bien. Les questions allaient bon train. En fait, même si le tout avait résolument plus l'air d'une conversation que d'une entrevue, je baignais dans une mer d'informations qui allaient sûrement intéresser aussi bien les élèves que les adultes, j'en étais certaine !

Non seulement j'avais déjà ma matière pour écrire le premier article sur l'intimidation, grâce à Élise Summers, mais voilà que mon premier papier sur cette expédition semblait s'annoncer exaltant. Les idées se bousculaient dans ma tête, même les tournures de phrases y valsaient. Ce métier était juste formidable. Intéressant. Stimulant. Excitant.

Ian Mitchell l'était tout autant. Sans parler de son regard persistant.

– Tu vois comme tu sais faire parler les gens ? Tu vas être terrible, toi, en entrevue, en conclut-il, devant un tapioca rafraîchissant. En tous cas, ce ne sont pas les questions qui manquent.

– J'imagine que ça va dépendre des sujets. C'est vraiment chouette tous tes trucs. Je me disais justement à quel point je trouvais intéressant ce boulot de journaliste, si on peut parler d'un boulot... Mais le tien aussi, ça semble drôlement plaisant.

– Et comment. J'adore ça, comme tu peux le voir... Mais assez parlé de moi. Jasons de toi, un peu... Tu n'avais pas ce sourire-là quand je suis allée te chercher à l'école tantôt.

– Oh sais-tu, je pense que j'ai plus de talent pour faire parler les autres, tentai-je devant ce sourire... ravageur.

Car ici, on pouvait réellement parler de ravages, je crois.

– Permets-moi au moins de te poser la question qui me taraude. Comment va ton petit frère ? Est-ce que je peux ?

Après toutes les questions que je lui avais posées jusqu'à noircir mon carnet de notes de bord en bord, il me semblait aussi difficile de faire blocus à sa question que d'aborder le sujet qui me rendrait immanquablement vulnérable.

Aussi bien jouer cartes sur table.

– Je suis encore un peu émotive quand je parle de Simon...

– J'imagine. On le serait à moins, nota-t-il en m'invitant subtilement à poursuivre néanmoins.

– *Off the record*?

Son éclat de rire me fit du bien.

– Tu l'as retenue cette expression-là, hein? C'est promis. *Off the record.* Je n'enregistre pas cette conversation et je ne pourrai l'utiliser sous aucun prétexte. Tout ce qui va suivre restera strictement entre toi et moi.

Je me surpris à presque tout lui déballer. Je lui parlai même de mes parents et de Thomas, sauf en ce qui concerne la dernière conversation troublante que j'avais eue avec lui en après-midi, bien sûr. Ian Mitchell était attentif, curieux lui aussi, de toute évidence, avec une petite question par-ci, une autre par-là. Il était désarmant ce gars. Terriblement plaisant, même.

En fait, le seul moment trouble était survenu sur le chemin du retour. D'ailleurs, je ne sais pas si c'est moi qui avais imaginé cela, mais il me semblait qu'il n'empruntait pas la même route. La distance semblait s'être étirée, ce qui faisait bien mon affaire, car il en était à m'expliquer le contenu de ses valises. J'aurais bien sauté dedans d'ailleurs. Ses valises.

C'est à brûle-pourpoint qu'il aborda la question de son célibat, me soulignant tout bonnement, comme si de rien n'était, qu'aucune fille n'avait la patience de l'attendre à tout bout de champ, que son emploi du temps le faisait souvent travailler le soir, le week-end et que, dans les faits, il était un peu un bourreau de travail...

– Tu serais capable, toi, d'avoir un chum toujours absent ? me lança-t-il le plus naturellement
du monde, avec large sourire.

Sa question me prit sérieusement de court. Le
silence qui s'ensuivit me parut une éternité.
Pourquoi cette fichue question-piège dans une si
belle soirée ? Il fallait me lancer.

– Oh moi, ce n'est pas pareil, je suis une
floune de quinze ans. Rien à voir avec les filles de
ton âge.

Il enchaîna comme si on jasait météo.

– L'âge n'a rien à voir, tu sauras. La preuve,
c'est que je ne me souviens pas avoir eu une
conversation aussi animée et intéressante avec
une fille au restaurant depuis… toujours.

Il m'avait balancé ça avec, toujours, ce large
sourire et ce regard que je n'étais plus capable de
lui retourner. Je croyais rêver. Avais-je bien entendu ce que j'avais entendu ? Du calme, Laura. Du
calme ! Tu analyseras tout cela une fois rendue à la
maison… Maintenant, garde le cap, garde le cap !

Car lui ne semblait nullement en voie de perdre
ses moyens, si l'on en jugeait par la conversation
qu'il poursuivait malgré mon inattention. Tellement que je dus le faire répéter. Sa phrase se
terminait par « contact »… Impossible de deviner
ce qui précédait.

– Excuse-moi. Comment tu dis ça ?

– Je te demande si tu crois avoir ce qu'il faut
pour tes articles. De toute manière, on gardera
contact.

– Avec ce que tu m'as raconté, j'en ai pour une couple de papiers déjà… Je te les enverrai avant publication, pour m'assurer que tout est o.k.

On était rendu à la maison cette fois. J'avais peine à en croire ma montre. 21 h 30. C'est dire que j'avais passé quatre heures avec lui! De son côté, il rigolait ferme, l'air de se demander ce que je chantais.

– Tu ne peux pas, disait-il.

– Quoi?

– Tu n'as pas le droit de faire ça. Une journaliste ne montre jamais ses papiers avant publication, c'est comme une règle d'or dans ce métier. Tu ne le savais pas?

– Euh… non. Mais comment tu vas le savoir si je fais une erreur?

– Justement, tu ne dois pas en faire, c'est ça le truc. Et quand on donne une entrevue, on doit mettre sa confiance dans le journaliste qui est devant nous. On n'a aucun autre choix. Et moi, je ne suis pas vraiment inquiet. Et si jamais tu te trompais, aussi bien que ça tombe sur moi, non?

– Je n'aimerais pas ça. Vraiment pas… Je dois avoir l'air d'une débutante là, non?

– Oui, là j'avoue…

On s'est esclaffé tous les deux.

– Et une chance! Arrange-toi pas pour que je te trouve parfaite…, enchaîna-t-il.

Deuxième malaise. Deuxième fois qu'il corrigeait le tout à la vitesse de l'éclair.

– On garde contact, hein? reprit-il plus sérieusement.

Non seulement j'avais peine à soutenir ce regard, mais je sentais que je n'avais plus aucune contenance désormais. Les choses ne s'arrangèrent pas quand il s'avança vers moi. Je crois que je suis restée tout bêtement figée sur place quand je sentis son petit baiser amical sur ma joue. Je n'hallucinais pas tout de même. Il en avait bel et bien profité pour ajouter doucement, à mon oreille.

– Prends soin de toi, Laura.

Par bonheur, par très grand bonheur, on était samedi. Je crois je n'aurais pas supporté une journée de plus à l'école. La semaine avait été tout simplement la plus folle, la plus stressante et la plus occupée de toute ma vie.

J'avais de l'étude et du travail à rattraper pour mes cours réguliers, mais comme rien n'était prévu à mon week-end, j'allais avoir assez de temps pour tout faire et me reposer en plus. En commençant par rêvasser encore un peu au lit en repensant à la soirée d'hier...

À mon arrivée, seule ma mère avait semblé noter mes joues en flammes. J'en avais profité pour lui raconter, devant un chocolat chaud bienfaisant, à quel point j'étais heureuse de ma première semaine de boulot, jetant mon enthousiasme sur les sujets que j'allais aborder dans mes futurs articles. Elle n'y avait vu que du feu. Du moins je crois...

Thomas s'était joint un peu à la conversation et n'avait fait que sourire devant ma soudaine exubérance. En comprenant que j'avais passé la soirée avec Ian Mitchell, il avait eu le bon goût de ne glisser aucune blague. N'empêche, lui y avait vu un peu de feu, assurément. Le bon côté des choses, c'est que cette parenthèse de fin de soirée avait dissipé un peu le malaise de notre dernière conversation.

Simon était beaucoup trop occupé à essayer de battre papa aux échecs pour comprendre quoique ce soit. Restait Zoé à aviser… Cette fois, elle aurait droit à un chapitre de roman à son goût, je crois. Et à quelques questions aussi. Par exemple. Et si Ian Mitchell avait fait exprès de soulever la question de son célibat pour, justement, mettre au clair qu'il n'avait aucunement l'intention de s'embarrasser d'une fille dans sa vie ? Et si c'était moi qui avais dangereusement fabulé sur la nature de tous ses sourires ? Et si le baiser sur la joue, c'était justement pour poser clairement les limites de notre relation professionnelle ? Et si c'était moi qui, dans mon trouble, avais imaginé qu'il était près de mon oreille pour me souffler sa dernière phrase ? Et si, et si, et si, et si j'allais déjeuner maintenant ?

C'est Simon qui prit agréablement le plancher, en nous présentant la série de cours qui s'offrait à lui à sa nouvelle école. Jamais, cette fois, il ne parla de soccer, jetant plutôt son dévolu sur l'escrime. Toute la maisonnée le remarqua, sauf Thomas bien sûr qui, à cette heure, cavalait déjà à travers les vastes contrées sur le cheval qu'on lui prêtait généreusement au centre d'équitation après ses cours du matin.

Contrairement à moi, qui avais eu le malheur de faire du rodéo sans le vouloir à l'âge de huit ans chez mon grand-père et qui avais juré ne plus jamais remettre mes fesses sur un cheval de toute ma vie, Thomas était fou des chevaux et des randonnées qu'il s'offrait, souvent en solitaire.

Chaque samedi au retour, il n'en finissait plus de me décrire l'effet de calme et de plénitude que cela avait sur lui. Tellement que parfois, malgré ma peur panique de l'équitation, j'en arrivais à envier ces moments.

Thomas avait appris très tôt à monter chez grand-papa qui était tout aussi passionné. À soixante-deux ans, le père de mon père montait encore allègrement et gardait précieusement ses deux juments, son hongre et son poulain. Si leur campagne n'était pas à deux heures de route, Thomas y serait certainement rendu à tout bout de champ. C'est dire comment le week-end fut bienfaiteur non seulement pour moi, mais pour toute la famille. Tous avaient l'air d'y goûter avec ravissement, chacun de son côté, affairé à ses propres projets ou à ses propres rêves...

Pour ma part, je passai aisément à travers études et travaux, tant et si bien que le dimanche matin, je commençai même chez moi l'article sur Ian Mitchell. L'écriture allait toute seule... J'avais débuté en me disant que je prendrais de l'avance avec quelques paragraphes, mais finalement, deux heures plus tard, j'avais écrit l'article en entier. Lison fut ma toute première lectrice et adora ce portrait.

– Vraiment poulette, c'est absolument inté-ressant! Et tout est clair en plus. Je n'ai pas décroché à une seule ligne. Du début à la fin, je ne changerais absolument rien! souriait-elle avec une fierté non dissimulée.

Ma soirée du samedi chez Zoé fut tout aussi concluante, malgré l'exaspération de mon amie devant tous mes « si » et ses tentatives répétées de me laisser sous-entendre que, finalement, j'avais peut-être des chances…En fait, on était rendu dimanche à 16 heures quand un épais nuage noir surgit au-dessus de notre maison.

On avait cogné si faiblement à la porte de ma chambre que j'avais peine à savoir si on avait réellement frappé ou si ce n'était pas simplement mon plancher qui avait craqué.

En ouvrant la porte, je compris toutefois qu'il y avait péril en la demeure. Simon était redevenu aussi blême que le lundi précédent. Je pris son poignet et le fit entrer prestement avant de refermer la porte et de lui faire face. J'étais assise sur mon lit. Lui devant moi. Yeux dans les yeux. Son visage assombri d'un regard mouillé, le mien transformé en point d'interrogation.

– Il n'y a aucun problème qu'on ne pourra pas régler, Simon. Dis-moi ce qu'il y a.

– Les photos… balbutia-t-il, livide.

– Quoi les photos, tu les as vues sur Internet ? C'est ça Simon ? T'as vu tes photos sur le Web ? Tu veux bien me montrer ?

– Non, Laura. Mais ça recommence on dirait… C'est Vicky.

– Quoi Vicky… Ton amie Vicky ? Elle les a vues ?

– Non, c'est elle. C'est Vicky qui a été prise en photo…

– Qu'est-ce que tu essaies de me dire, là… Ton amie Vicky a le même problème que celui que tu as eu ?

– Oui… Elle vient de m'écrire un courriel. Elle voulait que je lui téléphone… Elle pleure sans arrêt. Ils l'ont prise en photo, à l'école encore, après son cours de gymnastique. Même chose que moi. Dans le vestiaire du gym…

– Mais quel petit gars peut entrer comme ça dans un vestiaire de filles ?

– Je lui ai posé la même question. Elle dit que c'est de sa faute. Elle voulait pratiquer un mouvement qui lui donnait de la difficulté et elle a étiré le temps puisque son père ne pouvait pas venir la chercher plus tôt… Elle dit qu'il n'y avait presque plus personne dans le gymnase. Elle a entendu des bruits, mais elle n'a vu personne. C'est juste après, à la sortie de l'école… Elle attendait son père, et ils sont arrivés. Ils lui ont fait la même chose qu'à moi. Ils lui ont montré le cellulaire, les photos…

Il pleurait à chaudes larmes maintenant. Je dus refouler mes questions pour le laisser respirer un peu. C'est à ce moment que j'entendis cogner une deuxième fois à ma porte.

– Quoi ! lançai-je abruptement.

Je ne voulais pas être bête, mais les nerfs avaient vraisemblablement repris le dessus sur moi. À cette note, Thomas ne fit ni une ni deux et entra. Simon avait la tête cachée dans le creux de mon épaule, mais on pouvait aisément voir les siennes tressauter. Par réflexe, je mis mon doigt sur ma bouche, sommant Thomas de ne pas dire un mot. Ce qu'il fit. En s'assoyant calmement à mon bureau, l'air livide lui aussi.

C'est de bonne grâce que Simon me laissa résumer la situation à notre frère. Visiblement, il s'en remettait à nous maintenant. C'est Thomas qui trouva les mots pour installer un climat de confiance dans cette pièce devenue confessionnal.

Vicky ne s'était pas fait menacer comme Simon. Ils ne lui avaient rien demandé, mais la puce était anéantie.

Avec un tact incroyable, Thomas fit comprendre à Simon que leur petit jeu ne pouvait plus durer. Le regard de Simon s'assombrit quelques fois à la nomenclature des noms listés sur la feuille de Thomas, mais il n'y avait aucun doute possible. Dès que le nom de Michael Handfield fut mentionné, Simon se mit à trembler de tous ses membres. Assez pour que Thomas le prenne dans ses bras dans un très rare moment de proximité entre frères. La scène qui se déroulait tout près de moi me bouleversait à m'en donner la nausée.

Simon se laissa faire. Thomas lui dit de ne pas parler, que ce n'était pas la peine. Le pacte était clair entre nous. Nous ne mentionnerions le nom de Michael Handfield à personne. Pas plus que nous trahirions le secret de Vicky. Néanmoins, Thomas signifia à Simon qu'il se chargeait de l'affaire désormais. Notre petit bout d'homme laissait tomber les armes. Tout s'était déroulé à demi-mots.

Le seul mandat qui reposait sur les frêles épaules de Simon était d'oublier tout. D'intégrer sa nouvelle école avec fierté le lendemain, en tournant résolument la page sur ce qui se passerait à la nôtre. C'était une nouvelle vie qui s'annonçait pour lui, et elle serait belle. « Très belle… », lui avions-nous répété en chœur, Thomas et moi. Je crois qu'il nous a crus.

Et dire que la direction de l'école avait tenté de dissuader mes parents de retirer Simon de son milieu scolaire. Une décision trop hâtive, disaient-ils. Mais mon père avait été catégorique comme il peut l'être. Et honnêtement, il avait encore opté pour la meilleure décision qui soit.

TROISIÈME PARTIE

Lundi 4 novembre, 8 heures

Moi qui croyais que la semaine précédente avait été la pire de ma vie, la nouvelle ne s'annonçait guère reposante. Thomas avait l'œil du tigre. J'osais à peine le questionner sur ses intentions pendant le trajet en autobus où Zoé, toujours aussi folle, entreprit d'animer les lieux en défilant dans l'allée pour présenter à tous le nouveau manteau mauve qu'elle avait confectionné ces dernières semaines et qu'elle avait terminé tout juste la veille.

Il faut dire qu'il était vraiment très beau. Elle était douée, assurément, et s'étonnait de notre manque d'enthousiasme.

– Eh bien, on a manqué de chocolat chez le clan St-Pierre ce week-end ou quoi? taquina-t-elle.

Il m'arrivait souvent d'essayer de lui parler avec mes yeux comme je le faisais si facilement avec Thomas, mais Zoé avait de très piètres dons de télépathie. Cette fois-ci, elle semblait toutefois avoir décodé quelque chose. Assez pour ne pas me monopoliser à la sortie du bus, me laissant marcher seule avec Thomas jusqu'à nos casiers.

En le quittant ce matin-là, j'étais résolument angoissée.

– Tu te fais des peurs pour rien, avait-il tenté de me rassurer. Je ne suis pas cave, Laura. Fais-moi un peu confiance. J'ai les mêmes soucis que toi, et il n'est pas dans mes intentions de tout bousculer. Je vais prendre le temps que ça prendra. Mon seul but, c'est d'y arriver.

Voilà les phrases que je me répétais inlassablement cette journée-là. La chose pratique, c'est que j'avais planifié, en ce lundi, plusieurs petites entrevues avec des gens qui avaient accepté généreusement de me parler un peu plus de Jonathan Duval.

J'y appris que le gars était un fervent adepte des échecs. Il participait à des tournois les week-ends avec de jeunes adultes et menait le jeu d'une main de maître. Il partageait aussi le loisir de la chasse avec son père depuis qu'il était tout petit. Il avait un labrador couleur brun chocolat, qu'il adorait, et peu d'amis, même en dehors de l'école.

Fils unique d'une famille bien nantie, il était solitaire, renfrogné, courtois, plein de bonnes manières qui lui valaient aussi quelques risées. Son père était notaire, sa mère chirurgienne et lui souhaitait devenir ingénieur.

Même sa mère avait accepté de me rencontrer en entrevue après avoir longuement écouté, au bout du fil, quelles étaient mes intentions pour cet article. Je m'attendais à me faire raccrocher la ligne au nez. Elle avait été plutôt délicate. Avant de raccrocher, elle avait mentionné que l'heure était venue pour elle de faire confiance au fait que certains jeunes pouvaient aussi être bien intentionnés…

J'avais rendez-vous avec elle le vendredi suivant, à 16 h 30. Décidément, mes vendredis n'étaient plus les mêmes depuis que j'avais abordé ce travail.

Les week-ends risquaient aussi d'être différents à l'avenir puisqu'à partir du samedi suivant, nos articles se retrouveraient systématiquement dans *Le Courrier Belmont*. Chaque semaine, il serait livré dans des milliers de foyers ! J'en éprouvais un certain vertige d'ailleurs.

En entrant dans la salle de rédaction, sur l'heure du dîner, je vis que je n'étais pas la seule à être nerveuse. Mes trois collègues étaient déjà au travail. Sandrine Dutil avait les yeux rivés sur son écran et les doigts crispés sur son clavier. Jimmy Savard était en pleine entrevue derrière le paravent, deux tons trop haut, pour qu'on l'entende bien… Et enfin, Samuel Caron me confia qu'il avait pris du retard et qu'il avait joué de malchance avec un énergumène d'athlète qui ne s'était même pas pointé à son entrevue comme prévu, samedi après-midi. Le pauvre l'avait attendu deux heures dans le gymnase de l'université !

Bref, il y avait de l'énergie dans l'air. Seul Richard Dunn était calme et supervisait ses troupes d'un œil bienveillant. Il fut surpris de me voir lui tendre l'article concernant Ian Mitchell. Dix minutes plus tard, il m'interpellait dans son bureau, l'air ravi. J'en étais ressortie cinq autres minutes plus tard avec le même air. Mes articles répondaient visiblement aux attentes. J'étais aux anges dans ce nouveau boulot.

Toute la journée, j'avais néanmoins suivi en pensée l'itinéraire de Ian Mitchell dont le navire était parti la veille, à l'aube…

Notre entente, pour le bien de mes articles, était qu'il devait m'envoyer entre un et trois messages par semaine, qui résumeraient en premier lieu le voyage et les conditions de leur groupe. La deuxième semaine, il devait m'acheminer des informations toutes récentes sur les observations en cours là-bas concernant le réchauffement climatique alors que la troisième semaine, il se concentrerait sur les travaux de l'organisme pour lequel il prenait des photos.

On avait prévu un certain temps avant le premier courriel, histoire de le laisser s'installer. J'attendais son premier message autour du lundi suivant, ce qui me laisserait amplement de temps pour écrire tranquillement mon article en fonction du samedi.

Ce midi-là, en consultant mes courriels, je fus donc pour le moins surprise de voir son nom s'afficher dans ma liste de messages.

Juste un petit mot pour dire bonjour… Le soleil est bon aujourd'hui. La mer est douce. Plein de temps pour penser… Trop. C'était plaisant ce souper vendredi… Tout est si silencieux sur ce bateau… J'ai encore ton rire qui résonne dans mes oreilles. *La nourriture n'est pas très goûteuse ici. Le mec qui est aux cuisines a l'air de s'emmerder dans ses chaudrons et sa bouffe est aussi fade que son sourire... Je rêve déjà d'un autre poulet aux arachides. Et si on remettait ça à mon retour? J'en prendrais facilement une habitude, je crois...*

Mitch.

Ma réponse s'écrivit rapidement mais je ne parvenais pas à presser mon doigt sur le bouton «envoyer».

Prends du soleil pour moi. Je dirais plus que c'est jour de tempête ici dans la salle de rédaction... Tout le monde est sur les dents dans l'attente de la parution de notre premier journal... Mon article sur toi est terminé. Je suis contente. J'espère que tu le seras aussi. Tu n'oublies pas de m'envoyer la photo de toi sur le bateau avant jeudi? Désolée pour ton cuisinier... À ton retour on remet ça. Parfait.

Laura.

– T'as l'air de bien l'aimer, ton article...

La voix de Jimmy Savard brisa le charme abruptement. Je crois même que mon air se rembrunit en constatant qu'il me dévisageait, assis à son poste, de biais au mien...

– Ça doit bien faire un gros cinq minutes que tu souris devant ton écran... T'es sur quoi?

– Ma série sur le Grand Nord, lui répondis-je en économisant mes mots et en appuyant rapidement sur «envoyer», de peur qu'il vienne lorgner par-dessus mon épaule. On va discuter de tout cela à la réunion de 16 h 30, ajoutai-je prestement.

La clarté de mon message eut raison de sa tentative d'intrusion. Cela ne l'empêcha toutefois pas de rappliquer et de m'énerver tout autant, à la réunion de fin de journée, alors qu'il étayait ses sujets d'articles devant le groupe en grugeant deux fois plus de temps que chacun d'entre nous.

– Très bien, le coupa finalement Richard Dunn. En espérant que ton esprit de synthèse soit plus présent dans tes écrits que dans tes résumés, glissa-t-il dans un demi-sourire alors qu'autour, nous accueillîmes tous cette intervention avec un réel soulagement.

J'avais hâte de filer vers la maison et d'avoir des nouvelles de Thomas. Je le retrouvai songeur. Il avait eu le temps d'épier le petit Handfield assez longuement au fil de sa journée pour noter que le garçon menait les autres haut-la-main et pour remarquer que ses intentions étaient résolument malsaines.

– Ce petit gars-là est une vraie peste. Toujours à crier des noms à l'un, à donner des coups à un autre, à intimider les filles sur son passage. Il a quelque chose à redire sur un roux, sur un petit, sur un maigrichon, sur une fille qui a de gros seins ou de l'acné, tout le monde y passe. J'ai aussi remarqué qu'il est rarement seul. On dirait qu'il se déplace toujours en groupe.

– Et en groupe, il a l'air d'être apprécié malgré tout ça ?

– Oui, justement. On dirait une petite coqueluche. Je ne comprends rien là-dedans... Pourtant, même avec ses «amis», dit-il en mimant les guillemets, il n'est pas plus tendre. Il les traite de nuls, il leur dit de se fermer la gueule, toujours comme si c'était des blagues, supposément, mais personne ne l'arrête! On dirait qu'il cherche la chicane partout où il passe, je te jure. Il provoque sans arrêt. Il domine les autres, il les rabaisse.

– Une partie de plaisir, ta journée!

– Tu parles... À la salle des pas perdus, après le dîner, je faisais semblant de lire à côté de leur groupe et t'aurais dû l'entendre parler des profs. Demain, je vais m'organiser pour aller diner à la cafétéria. J'ai repéré le coin où il mange avec sa gang de voyous. Je vais m'installer à proximité. Tu devrais venir avec moi, je te jure que ça pourrait t'inspirer pour tes articles.

– C'est justement ce à quoi je pensais...

– Mais tu vas voir, il nous rend agressif ce petit caïd-là... On a juste le goût de le remettre à sa place! Je me suis retenu à deux mains pour ne pas intervenir ce midi.

Et il n'aurait su si bien dire. J'avais à peine déposé mon plateau devant Thomas, à 12 h 15 le lendemain, que j'avais repéré la voix nasillarde de Michael Handfield. Il faut dire que Thomas m'en avait fait une description parfaite, à un détail près, que je lui fis remarquer.

– Il est drôlement rusé, chuchotai-je à mon frère ce midi-là. Regarde-le bien... Il est capable de repérer un adulte en un rien de temps.

Dès qu'un grand était à proximité, qu'il soit surveillant ou enseignant, on ne l'entendait plus. Comme s'il se dissimulait soudainement dans le groupe sans que personne ne se rende compte du pourquoi…

Thomas avait vu juste. Michael Handfield avait de quoi soulever l'exaspération, et même l'agressivité. À 16 h 30, dans le bus qui nous ramenait chez nous, j'en étais rendue moi-même à élaborer des plans pour aider mon frère dans sa « chasse », oubliant mes scrupules et mes craintes.

Nous comprenions d'autant plus aujourd'hui à quel point Simon devait en avoir bavé, et cette seule idée me faisait redoubler d'ambition. Thomas ne s'en plaignait guère. À deux, on savait depuis belle lurette que nos forces décuplaient. Et honnê-tement, je ne peux pas voir qui d'autre aurait pu seconder Thomas dans sa tâche de manière plus complémentaire que sa propre jumelle.

La pratique de soccer des jeunes était fixée au lendemain mercredi, 16 h 30, et nous y étions. Nous descendîmes au gymnase, histoire de voir comment se déroulaient ces pratiques, et nous fûmes contents de voir que d'autres activités s'y pratiquaient aussi, en marge de la zone attribuée au soccer, nous permettant de circuler sans éveiller de soupçons.

Par contre, nous nous apercevions que n'im-porte qui pouvait surgir à tout moment dans le vestiaire des garçons… Je savais que le jour fati-dique, je devrais faire diversion. J'attendais de trouver l'idée avant d'en aviser Thomas, qui ne savait plus trop que penser des nouvelles tâches que je m'attribuais de plus en plus en m'intégrant dans ses scénarios.

Le jeudi, j'en étais venue à pister moi-même le petit Handfield pendant mes pauses et sur l'heure du dîner sachant que, ce jour-là, Thomas était retenu par un examen important.

Par bonheur, outre le journal, les cours et les histoires abracadabrantes de Zoé au quotidien, j'avais aussi quelques courriels pour me ramener à des sentiments plus doux... Mardi, Ian Mitchell me faisait une description en règle des paysages fabuleux qui défilaient devant lui. Il en devenait presque poétique. Il signa : « Amitié, Mitch ».

Je n'avais pas besoin d'être en haute mer pour que mon cœur chavire chaque fois que je retrouvais son nom sur ma liste de messages.

Mercredi, j'espérais donc un autre signe de vie, qui survint en soirée cette fois. Il me donnait encore plus de détails sur la vie en mer et agrémentait le tout d'anecdotes. « Celle-là, elle est juste pour toi très chère... *Off the record* ! » Et il signait désormais « Ton matelot préféré... »

Dès jeudi, je consultais mes messages sept fois par jour sur mon portable... Je ne fus pas déçue. Il terminait d'ailleurs son courriel sur un élan qui me souffla : « Laura, faudrait vraiment que tu vois ça un jour... Tu pourrais commencer ton papier par : "Après m'avoir conseillé la nacelle, il m'avait convaincue d'essayer un navire..." Mitch xx »

Je reçus ses deux becs en plein cœur. Etait-ce normal de rougir devant un écran d'ordinateur ?

Cette fois, n'en pouvant plus, je tournai mon portable vers Zoé.

– Laura, si ce gars-là n'est pas fou de toi, c'est qu'il est fou tout court! lança-t-elle dans un verdict sans appel.

Thomas nous surprit en plein délire de filles, assises au pied de mon casier, à proximité du sien. Zoé peinait à se retenir pour ne pas lui faire part de mes confidences... Elle s'en prit donc à lui.

– Dis donc, Thomas chéri... Tu n'as pas l'impression que notre relation piétine, toi? Faudrait faire attention de ne pas devenir un vieux couple hein? roucoula-t-elle, pour faire diversion.

– Un vieux couple? pouffa-t-il.

– Ben moi, je dis ça de même, mais je connais un endroit en ville où ils font du délicieux poulet aux arachides, paraît-il...

– Un jour, je vais te prendre aux mots, Zoé Pellerin, et je serai là. Tellement là que tu ne sauras plus quoi faire de moi... lança-t-il, le regard par en dessous et arborant un sourire langoureusement menaçant.

Zoé en resta bouche bée. J'en fus moi-même estomaquée. Mais je crois que, dans les faits, le plus surpris des trois fut Thomas lui-même.

La maison des parents de Jonathan Duval était située dans un quartier cossu et elle était tout bonnement magnifique. Sa mère l'était aussi. Dès mon entrée dans le vaste vestibule, elle sut me mettre à l'aise rapidement, tentant autant que possible de retenir un joyeux labrador qui cherchait désespérément à me souhaiter la bienvenue et qui fouettait encore mes cuisses avec sa queue débridée une fois que je fus assise à la cuisine. Mme Duval avait préparé du café.

– Cognac, c'est assez maintenant ! somma-t-elle le chien, sans grand résultat.

– Laissez-le faire, mon frère et moi, ça fait des années que nous tentons d'avoir un chien à la maison, mais ma mère est contre. Elle s'est fait mordre par un rottweiler quand elle était jeune et elle a gardé une crainte. Nous avons même essayé de la convaincre avec un caniche toy, mais elle nous répond que même à trois livres, les chiens ont des dents... Vous voyez que c'est peine perdue.

Rachel Duval riait de bon cœur maintenant.

– Ce n'est pas que je veux être solidaire à tout prix avec votre mère, mais j'avoue que, si ce n'était que de moi, on aurait trouvé une autre famille à Cognac depuis la mort de Jonathan. C'était son chien. Mais Cognac est aussi devenu un précieux compagnon de chasse pour Henri. Mon mari... précisa-t-elle.

Pendant tout le trajet en autobus, j'avais réfléchi à la meilleure façon de jaser de son fils avec elle franchement, sans être trop déplacée, et c'est ce chien qui nous avait rendu la chose facile. Jonathan s'était immiscé dans notre conversation quasi naturellement. J'en avais presqu'oublié mon carnet de notes, que je dus tout de même sortir, au risque de briser le climat qui s'était établi. Elle n'en fit pas de cas.

Étonnamment, Mme Duval semblait même se réjouir de pouvoir parler de Jonathan. Et elle le faisait avec une affection qui faisait mal à entendre. Ce fils unique était ni plus ni moins une immense fierté. Son suicide avait terrassé la famille, la parenté, les amis, tellement de gens qui lui destinaient pourtant un avenir brillant.

La dame avait toutefois été surprise d'apprendre, après coup, que Jonathan faisait l'objet de moqueries à l'école.

– Il n'en avait jamais parlé à la maison? lui demandai-je.

– Jonathan n'était pas le garçon le plus bavard, précisa sa mère. En fait, il parlait peu. Et comme il avait été d'un calme olympien depuis toujours, nous n'en faisions pas de cas. C'était Jonathan. Déjà poupon, il avait été un bébé exemplaire. Tout petit, il fallait le pousser à aller jouer dehors, remarqua-t-elle en déposant sur la table un immense album de photos.

– Il pouvait passer des heures à s'amuser tout seul avec sa montagne de blocs Lego, dans une grande pièce que nous avions réservée pour ses chantiers de construction, sourit-elle. Il bâtissait des villes au complet, avec la caserne de pompiers, l'hôpital, le bureau de poste. Il cherchait sur Internet ou dans les livres tous les détails de ces édifices et il n'oubliait rien. Il aurait fait un ingénieur fantastique, j'en suis certaine, dit-elle en me tendant une photographie de Jonathan, posant fièrement devant une pièce complètement remplie de bâtiments multicolores.

– J'aurais dû soupçonner quelque chose quand ses notes ont commencé à diminuer à l'école, mais Jonathan avait toujours été si excellent et s'était toujours mis tellement de pression sur les épaules qu'au contraire, j'ai cru qu'il mettait enfin son énergie sur d'autres activités que les champs intellectuels… Ce n'est pas moi qui allais le lui reprocher ! Il voulait même suivre des cours de karaté au printemps, laissa-t-elle tomber. Je croyais qu'il s'épanouissait, c'est dire à quel point j'étais loin de me douter…

Il n'y avait aucune larme dans ses yeux, mais il y avait pire. Un désarroi profond logé dans un cœur de mère saigné à blanc. J'avais devant moi une femme exceptionnellement forte, de toute évidence, mais totalement brisée aussi. J'en perdais le fil de mes idées et je dus me faire violence pour poursuivre.

– Ses cours de karaté, il vous en avait parlé un peu ? osai-je.

– Oui. Il avait rencontré un brave garçon, Kevin Summers, qui lui donnait des cours d'anglais en privé pour l'aider. Mon fils appréciait beaucoup ses sessions d'anglais avec lui. Il progressait rapidement d'ailleurs. Et c'est ce même Kevin qui lui avait vanté les mérites des arts martiaux. Il enseigne aussi le karaté, est-ce que je l'ai dit ?

– Oui, je sais.

– Bref, c'était une très belle idée. Un sport individuel qui demandait de la concentration, du calme, tout cela cadrait parfaitement avec la personnalité de Jonathan. Ce jeune homme avait vu juste pour mon fils et il avait été plus convaincant que nous, faut croire…

– J'ai rencontré Kevin Summers dernièrement, lui avouai-je. Je croyais qu'il pourrait me parler de Jonathan, un peu comme vous le faites si généreusement, en profitai-je pour lui témoigner ma reconnaissance, mais il n'a pas pris les choses sous le même angle que vous… Je crois qu'il était irrité par mon idée de tracer un portrait-hommage à Jonathan. Comme s'il ne croyait pas que mes intentions étaient bonnes…

– Ça ne me surprend pas vraiment, nota-t-elle. Je ne sais pas si c'est une bonne perception des choses, mais je crois que ce Kevin Summers s'était un peu… identifié à Jonathan, disons. Après les funérailles, il est venu nous rendre visite deux fois ici…

– Ah oui ?

– Chaque fois, j'avais l'impression qu'il voulait me parler en particulier, mais qu'il n'y parvenait pas. Ça créait un malaise chez moi… Je ne savais pas trop par quel bout le prendre. Je ne comprenais pas ce qu'il voulait au juste en venant nous voir. C'était sympathique, mais j'étais incapable d'apprécier cette attention. Il faut dire que moi-même, j'arrivais difficilement à parler à cette époque...

– Il a fait ça longtemps ?

– Non, seulement deux fois, dans les mois suivants.

– Vous ne l'avez jamais revu par la suite ?

– Oui, je l'ai vu le mois dernier...

– Ici ?

– Non, cette fois, c'est moi qui suis allée le voir...

– Ah bon ?

– Je savais que Kevin Summers habitait le logement au-dessus du club de karaté... J'étais demeurée un peu mal à l'aise de la dernière rencontre que j'avais eue avec lui. Avec le recul, je m'étais même sentie coupable de ne pas avoir été plus disponible pour ce garçon. Je me rendais bien compte qu'il était devenu un ami cher à Jonathan, lui qui n'en avait jamais vraiment eu...

– Hum, hum.

– Un soir que j'avais fait du sucre à la crème et que mon mari travaillait, j'ai eu l'idée saugrenue d'aller cogner à sa porte et de lui apporter une gâterie. Jonathan avait pris l'habitude d'apporter du sucre à la crème chez lui lors de ses cours. Les deux en raffolaient... Je trouvais que c'était un clin d'œil à lui faire.

On aurait dit que sa respiration était plus courte qu'en début de rencontre.

– Ce soir-là donc, j'ai pris mon courage à deux mains, je suis allée au club, on m'a indiqué sa porte et j'ai cogné. S'il n'avait pas été là, j'aurais laissé le paquet au pied de l'entrée, mais il a ouvert…

– Il devait être surpris de vous voir ?

– Pas mal, oui… Je ne voulais pas rester, mais je n'ai pas été capable de refuser son offre pour un café. J'aurais dû.

– Ah oui, pourquoi ?

– Disons que la rencontre a mal débuté. En entrant dans le salon, je l'ai vu virer subtilement un cadre sur son passage. Quand il m'a laissée seule pour préparer le café à la cuisine, je n'ai pas pu m'empêcher de regarder l'image… C'était une photo de Jonathan, qui semblait rigoler comme je l'avais rarement vu s'amuser…

Le visage de Mme Duval se transformait sous mes yeux.

– Il était assis sur le fauteuil où je m'étais installée… reprit-elle courageusement. Il portait un tee-shirt que je n'avais jamais vu… Je ne sais pas pourquoi, mais autant cette photo m'a prise au cœur, autant elle m'a rendue mal à l'aise. Quand Kevin est revenu avec l'assiette de sucre à la crème et les cafés, je ne savais plus où regarder… C'est bête, je sais, mais soudainement, je ne me sentais plus du tout à ma place dans le salon de ce jeune homme que je ne connaissais même pas, dans le fond.

Elle avait une manière de raconter les choses qui me happait… Je ressentais moi-même ce malaise… Tellement que je ne savais plus si je devais la faire parler ou pas… J'osai.

– C'est la photo de Jonathan qui vous a rendue mal à l'aise ?

– Oui… non… En fait, je trouvais très touchant de voir qu'il avait conservé une photo de mon fils chez lui mais c'était comme… trop… Tu comprends ?

Non seulement je comprenais, mais je savais qu'elle comprenait bien des choses elle aussi.

– Comme parent, il y a des choses qui se sentent, qui se ressentent… Mais bon, on ne peut jamais être certains de tout… Jonathan avait sa vie, ses soucis, ses questionnements. Je croyais que le mieux était de lui laisser le temps de se connaître réellement, qu'il ne fallait rien précipiter, qu'il parlerait au moment où il se sentirait à l'aise de nous parler, tu sais…

Mme Duval était passée du « vous » poli au « tu », plus amical.

Un peu comme maman, le jour où Simon était grimpé dans cet arbre, la dame s'était transformée devant moi. De la femme forte, elle était devenue fragile, vulnérable. J'en avais presque un élan d'affection pour elle. Une vague de compassion, disons.

– Est-ce que vous en avez parlé à Kevin ce soir-là ? De la photo je veux dire… tentai-je, doucement.

– Non. Il avait agi subtilement en la dissimulant, et je suis certaine qu'il n'avait pas vu que je l'avais remarqué alors je ne voulais pas en rajouter.

Déjà qu'il essayait de me cacher sa nervosité…
Nous avons parlé de tout et de rien. J'ai pris des
nouvelles de lui, surtout. Il m'a raconté qu'il avait
planifié acheter le club de boxe.

– Ah oui ?

– Oui. Il est déjà le gérant de la place depuis
six mois. Il a remplacé l'autre qui a eu un accident
et qui est maintenant dans un état végétatif…

– L'un des frères Handfield ?

– Sam Handfield, c'est ça. Triste aussi, cette
histoire…

– Je ne sais pas…

– Il n'avait que vingt-cinq ans. Trop jeune, lui
aussi. Je me suis laissé dire que c'était un garçon
pas trop recommandable, mais on ne souhaite
jamais pareille situation à personne. Le soir, ou
plutôt la nuit de son accident, il était sous l'influence de la drogue. Je n'étais pas au travail ce
matin-là, mais l'urgentologue qui était sur place
est une amie. Elle m'a raconté.

– Oh…

– Au premier examen, elle savait qu'il n'avait
plus aucun avenir devant lui. Il avait joué de
malchance, disait-elle.

– C'est arrivé comment, le savez-vous ?

– Oh, dans son club. C'est le concierge qui l'a
trouvé très tôt le matin. Il était inconscient, la
nuque brisée sous le poids d'un lourd appareil
d'entraînement qui lui était tombé dessus. C'est
vraiment bête comme accident, tout de même,
soupira-t-elle.

Je sentais que la fatigue la gagnait un peu et, après quatre-vingt-dix minutes de discussion, j'avais cette fois en mains une foule d'éléments qui pourraient alimenter mon article. J'allais partir quand elle me demanda à brûle-pourpoint s'il m'était possible de l'informer si, dans mes entrevues, j'entendais parler d'un sujet particulier. Elle était mal à l'aise.

– Vous pouvez me parler, madame Duval. Je ne suis pas ici seulement pour mon article. Si je peux vous aider, ça me ferait réellement plaisir, je vous assure.

– D'accord, mais je n'aimerais pas que cet élément se retrouve dans ton article...

– Je vous le promets. On dit *off the record*, dans ce temps-là... souriai-je. Ça signifie que rien de ce qui va suivre ne sera utilisé. C'est une règle d'or...

– Oui, bon. *Off the record* alors... dit-elle. Il y a un point qui me tracasse, en fait, et ça concerne une somme d'argent que je crois que Jonathan essayait d'accumuler.

– Hein ?

– Un soir, peu avant son geste, il nous avait parlé des intentions de Kevin Summers d'acquérir le centre de boxe. J'avais eu la vague impression qu'il tentait de nous demander quelque chose, mais ce n'était tellement pas son genre que j'ai cru avoir imaginé tout cela. La seule chose dont je suis certaine, c'est qu'il était embarrassé. Tracassé. Avec les événements qui ont suivi, j'ai évidemment oublié tout ça. Jusqu'à ce que je reçoive une lettre par courrier pour lui...

Rachel Duval avait le regard fixé sur la table. Troublée. Troublante. Elle mit un peu de temps avant de poursuivre. On entendait la respiration profonde du chien qui s'était assoupi sous la table.

– Depuis qu'il était bébé, nous avions cotisé à un programme qui permet de cumuler de l'argent pendant des années en prévision des études supérieures d'un enfant. Le programme prévoit des bourses supplémentaires du gouvernement, si on ne touche pas à cet argent avant de payer les études, et finalement, ça fait un joli magot en bout de ligne. Ce sont les parents qui cotisent, mais le bénéficiaire est l'enfant. Il peut disposer de cet argent seulement lors de ses études post-secondaires...

Je ne comprenais plus où elle voulait en venir cette fois.

– Y a-t-il quelque chose que vous aimeriez savoir à propos de ce programme ?

– Non, pas du tout. Pardonne-moi, je donne trop de détails... C'est que la lettre que j'ai reçue, quelques mois après son décès, était une lettre explicative de ce programme. On lui indiquait, comme on le lui avait déjà expliqué au téléphone, précisait-on, qu'il ne pouvait pas retirer cette somme avant les études collégiales tel qu'il l'avait demandé... Et on lui expliquait comment, une fois aux études supérieures, il pourrait en disposer, avec tous les scénarios possibles.

– Il voulait retirer cet argent ?

– Exactement. Il y avait le nom d'une agente au bas de cette lettre. Je lui ai téléphoné pour en savoir plus long, et devant ma situation et mes questions, la dame au téléphone m'a confirmé que c'était bel et bien le cas. Jonathan avait demandé s'il lui était possible de retirer cet argent.

– Et avez-vous une idée de ce qu'il voulait en faire ?

– Aucune idée. Il avait pour plus de 30 000 $ dans ce compte… C'était l'argent de ses études… Nous ne lui avions jamais refusé quoique ce soit de ce côté… Et Jonathan a toujours été un garçon raisonnable. Ça ne cadre pas du tout.

– Est-ce que vous croyez qu'il voulait prêter cet argent à Kevin Summers pour acheter son gym ?

– J'y ai pensé, mais ça n'a aucun sens ça non plus. C'est totalement incompréhensible. Tout comme son suicide. Je n'ai rien compris. Jonathan avait beau être victime de risées à l'école, comme on me l'a expliqué par la suite, il avait tout de même une personnalité plus forte que cela. Je connais mon fils. Ce ne sont pas quelques enfantillages de cours d'école qui l'auraient poussé au suicide. Jamais !

– Mais madame Duval, c'est rendu grave désormais… Je vous jure que ça joue dur parfois de nos jours…

– Peut-être, mais si ces situation l'avaient plongé dans une détresse aussi profonde, je l'aurais deviné. Je suis certaine que je l'aurais deviné…

Cette histoire d'argent s'ajoute à tout cela. Ça m'échappe.

– Je comprends.

– Je t'en ai parlé pour savoir… Si jamais, avec ton travail, tu apprenais quelques éléments qui me permettraient d'en savoir un peu plus, j'apprécierais que tu me le dises. Vraiment, appuya-t-elle, en me fixant droit dans les yeux avec toute l'intensité de son regard bleu ciel.

– Bien sûr madame Duval. C'est gentil de m'avoir accordé votre confiance.

– C'est parce que tu as su me mettre en confiance, souligna-t-elle, avec un faible sourire.

Je n'avais pas réalisé beaucoup d'entrevues dans ma vie, mais déjà je savais que celle-ci demeurerait ancrée dans ma mémoire.

Sur le chemin du retour, je notai dans mon calepin quelques lignes, des titres de travail, du genre: «Si l'on connaissait les magnifiques personnes que l'on intimide…» Le tout restait à être peaufiné, mais c'est irrémédiablement dans cette voie que j'orienterais mon article.

Samedi 9 novembre, 9 heures

Papa n'avait pas attendu l'arrivée du journal dans notre boîte postale. Il était allé lui-même le chercher au petit matin, au dépanneur du coin. Il me semblait que ce type de comportement était plus du genre de maman… mais il devenait évident que finalement, lui aussi, sans trop en parler, était aussi curieux que le reste de la maisonnée.

C'était comme un matin de fête, ce samedi-là, chacun se disputant les deux pages de journal qui affichaient fièrement mes deux premiers articles, qui firent l'unanimité ! Même Simon se montrait intéressé. Nous étions si ravis cette semaine de le voir sous le charme de sa nouvelle école, je souhaitais désespérément ne pas le secouer avec le sujet de mes écrits…

Notre petit homme avait lu attentivement les deux articles, plus lentement que les autres il faut dire, et avait relevé un regard joyeux. Comme si le fait que sa sœur se retrouve noir sur blanc dans les pages d'un journal était plus important à ses yeux que le sujet délicat qui y était traité.

Cependant, il n'y a pas que moi qui étais franchement soulagée de voir sa bouille réjouie. J'avoue que, sans en donner l'impression, papa et maman, vaquant bizarrement à leurs activités tout à coup, n'en attendaient pas moins de voir sa réaction. Nous avons tous eu un sourire en l'entendant déclarer qu'un jour, lui aussi prendrait le fleuve. Et en tentant de lui expliquer que non, il n'était pas prévu que je fasse une entrevue avec la fille qui jouait dans *Twilight*…

La déclaration-choc de la journée revint néanmoins à maman, qui avait fixé une photo pas mal plus longuement que les autres…

– Dis-moi donc, Laura, il a quel âge ce Ian Mitchell ?

Elle avait beau avoir pris son air naïf, sa question n'en était pas moins cruellement intéressée et interpella même mon père qui leva spontanément les yeux de son journal, lui aussi visiblement en quête d'une réponse.

J'ai sûrement rougi.

– Je ne sais pas trop… Il aurait fallu que je l'indique, tu crois ? répondis-je, empruntant à mon tour mon ton le plus naïf possible, doublé d'un désintéressement visiblement affecté, qui ne lui échappa nullement.

– Peut-être, qu'en penses-tu ?

– Peut-être…

– Et il a quel âge au fait ? insista-t-elle.

Cette fois, je ne pouvais plus me dérober. La question était claire. Et intéressée.

– Je vais le lui demander cette semaine. Je crois qu'il a vingt ou vingt-et-un ans…

– Hum, hum.

Je priais déjà pour que ce soit son ultime commentaire, ayant nettement préféré tous les autres qui avaient précédé et qui concernaient plus mon expérience journalistique, mais non.

– Il est plutôt beau gars, hein? renchérit maman.

Si Thomas avait été dans cette pièce, il aurait gloussé. Assurément. Même mon père avait un air soudainement amusé en observant ma mère enquêter et en me regardant m'enliser…

– Tu trouves?

Cette fois, ce sont les deux qui ont pouffé de rire.

– Laura St-Pierre, tu vas me dire que tu ne l'avais pas remarqué?

– Maman, il y a déjà Zoé qui n'arrête pas de m'asticoter avec ça… Tu ne vas pas t'y mettre toi aussi?

– Pas du tout. Je veux juste te rappeler que tu as quinze ans, choupette…

– Rrrrg! Poulette, choupette, non mais justement maman, j'ai quinze ans. Tu ne trouves pas que Laura, ça m'irait un peu mieux à mon âge? D'ailleurs ce n'est pas toi qui l'as choisi, ce prénom-là?

– Ok, ok, j'arrête, ma-petite-poulette-de-choupette-de-pitchounette-adorée, en rajouta-t-elle tout en secouant ma couette.

– Maman!

– Sans blague Laura, c'est vrai qu'il est trop joli ton prénom. Je vais faire attention.

– Tu me niaises, là? lui lançai-je en pensant à Zoé.

– Non, non. Cette fois je suis sérieuse, je vais vraiment faire attention. Par contre, je suis sérieuse aussi en ce qui concerne le bellâtre, là… Celui qui est dans le journal… La prochaine fois que tu feras une entrevue avec lui, tu pourrais la faire ici, non ?

– Ben oui, ça ferait sérieux encore pour une apprentie journaliste !

Mon argument était bon, tout de même. Assez pour qu'elle n'en rajoute pas, pour le moment du moins.

C'est Zoé qui me sortit du pétrin en sonnant à la porte.

– J'y vais… les avisai-je. Je m'occupe de la tornade brune.

Zoé avait le journal dans les mains, à la porte d'entrée.

– Laura-St-Pierre-journaliste-d'enquête, c'est bien ici ? J'ai une mission pour elle… chuchota-t-elle sur le ton de la conspiration.

– Oh arrête un peu, lui dis-je en tentant de l'entraîner dans ma chambre, Simon sur nos talons.

N'empêche que c'est parce que Simon a répondu avec enthousiasme aux questions de Zoé que j'en appris davantage sur la nouvelle école de mon frère, sur ses nouveaux amis potentiels, sur ses professeurs, sur ses cours d'escrime qui débutaient cette semaine.

Il avait fallu une bonne demi-heure avant qu'il nous laisse entre filles mais, cette fois-ci, j'avais pris un réel plaisir à son incursion parmi nous. Après avoir mesuré ses tourments et son désarroi des derniers mois, on accueillait tous ses sourires avec enchantement et soulagement.

Il n'en demeure pas moins que, dès Simon parti, je racontai à mon amie mon entrevue avec

Rachel Duval, tout en gardant pour moi la confidence concernant la somme d'argent.

– Ben là… Il m'apparait évident que Jonathan Duval était gai, observa Zoé.

– Mais ça, on s'en doutait déjà un peu…

– Oui, mais on dirait que ça se confirme… ajouta-t-elle. Il en était question aussi dans certains messages que j'ai reçus à son sujet sur Facebook. Tu crois qu'il s'est suicidé parce qu'il était gai?

– Je ne sais pas trop… C'est possible. Ce n'est pas la première fois qu'on verrait ça… Ça doit être dur d'avouer ça à ses parents, non? Tu devrais voir sa maison. Ce sont des gens de la haute, Zoé… Son père est notaire, sa mère est très connue elle aussi… Ce sont des gens bien en vue, très respectés… Je ne sais pas comment Jonathan Duval pouvait se sentir dans tout ça…

– Oui, je veux bien… mais de là à se tirer une balle dans la tête… Tu crois que ses parents étaient au courant, toi?

– Je crois que sa mère pouvait le savoir, un peu inconsciemment, disons… mais qu'elle l'a soupçonné plus cruellement lors de sa visite chez Kevin Summers…

– Il avait une histoire avec ce Kevin, hein? C'est ça?

– Ben… C'est plutôt bizarre cette histoire de photo. Honnêtement, je n'ai pas du tout eu l'impression que Kevin Summers était homosexuel. Avec son kit de karaté et tout… Il faisait plus hétéro quand je l'ai rencontré dans son gym. En tous cas s'il l'est, il cache très bien son jeu… Par contre, il était vraiment sur la défensive, je dois avouer. Mettons qu'il n'avait pas le goût du tout de parler de Jonathan Duval, pour quelqu'un qui l'appréciait autant…

– Trop bizarres, tes histoires…

– Mais dans le fond, ce n'est que de la curiosité tout ça parce que, dans les faits, je n'ai absolument pas besoin de savoir ce genre de trucs. Je veux faire un portrait de lui pour montrer à tous qui se cachent derrière les gens qu'on intimide. Qu'il ait été gai ou pas n'y change rien.

– Mouais. Mettons.

Zoé était beaucoup trop fouine pour reléguer cet élément aux oubliettes. Dès que Thomas se pointa à la maison, elle en profita pour sonder son avis de « mâââle », comme elle lui avait susurré. Mais comme c'était souvent le cas, il avait eu les mêmes impressions que moi.

– Par contre, j'avoue que j'ai fait plus belle impression que ma sœur à ses yeux… ajouta-t-il néanmoins pour me narguer.

– Oui, mais toi, qui pourrait te résister… Est-ce que quelqu'un pourrait bien me le dire ?

Zoé n'en manquait pas une.

Ce n'est qu'une fois qu'elle fut partie que Thomas et moi avions pu passer aux choses sérieuses en échafaudant, non sans nervosité, le plan qui allait être tenté à la pratique de soccer du mercredi soir.

Il était tard lorsque Thomas avait refermé la porte de ma chambre. Le silence de la maison était tombé sur moi. Lourd. Inconfortable. C'est avec espoir que je me dirigeai vers mon écran, où je n'avais pas vu de nouvelles de Ian Mitchell depuis le jeudi précédent, jour où il m'avait envoyé les très belles photos qui nous avaient fait profiter d'un choix de superbes images pour les pages de notre journal du week-end.

Dans l'esprit embrumé de cette fin de soirée, l'estomac un peu noué, je m'étais préparée à retrouver ma boîte de courriel vide, mais le « bellâtre », comme l'appelait ma mère, était bel et bien au rendez-vous. Peu importe ce qu'il avait à dire ce soir-là, je savais que ses mots empliraient un coin de ma solitude. Or, il faut croire qu'en écrivant son dernier courriel, il voguait sur une mer semblable à la mienne.

Bonsoir Laura,

On a beau être une trentaine sur ce bateau, il y a de ces soirs où ni un livre, ni une partie de cartes, ni un film, ni même un souper arrosé ne peut atténuer l'éloignement et remplir le vide. Disons qu'on est souvent confronté à soi-même dans ces longues escapades... J'espère que mon périple en vaudra la chandelle.

La mer est calme ce soir, mais elle est trop noire à mon goût. Bref, je voulais simplement te signaler à quel point tes articles sont arrivés sur mon écran aujourd'hui comme un rayon de lumière bienfaisant dans le paysage immense qui m'entoure. Tu craignais de faire une erreur ? Tu en as fait une, effectivement...

Mon cœur fit trois tours.

… *Tu as douté de tes capacités. Ne fais plus ça. Ta plume est fluide comme une rivière. Agréable comme un vent du Sud. Fraîche comme une brise du Nord. Claire comme un ciel d'Alaska au petit matin. Ma vie de navigateur errant, sous ta plume, me semble encore plus belle… :o) Bref, il était drôlement réussi ce premier papier. Quand je me sens seul, je le relis et je me dis que non, on ne s'éloigne vraiment pas pour rien. J'ai reçu une vague de commentaires très chouettes à la suite de cette parution de la part de membres de ma famille et de quelques amis. Je me couche ce soir en me disant qu'il n'est pas si bête que cela, finalement, d'être amoureux de l'océan. Merci belle amie.*

Mitch.

Mercredi 13 novembre, 16 h 30

Une pratique de basketball venait de se terminer au gymnase, ce qui avait causé un engorgement au vestiaire des gars avec l'arrivée des petits joueurs de soccer qui se disputaient les casiers maintenant. Dans le brouhaha, Thomas était passé un peu inaperçu et n'avait pas eu de mal à repérer le numéro de la case où Michael Handfield avait déposé son sac-à-dos.

Nous avions prévu procéder rapidement en tout début de pratique. Juste le temps de laisser une chance aux retardataires, mais pas trop longtemps non plus. Nous voulions profiter de la frénésie d'un début de pratique, plus sujette à retenir les joueurs au gymnase qu'en fin de pratique où, la fatigue se faisant sentir, il y avait plus de va-et-vient, comme nous l'avions noté la semaine précédente.

J'avais les nerfs en boule. Thomas aussi. Autant nous avions révisé notre plan des dizaines et des dizaines de fois jusqu'à soulever des doutes à la maison sur certains de nos chuchotements au passage d'un membre de la famille, autant une fois sur place, je ne pouvais m'empêcher de penser qu'une foule d'événements imprévus pouvaient survenir à tout moment et nous plonger dans un sérieux pétrin. Thomas du moins, puisque c'est lui qui s'apprêtait à briser le cadenas et à kidnapper le fameux cellulaire.

Je l'avais trouvé plutôt brillant, ce week-end, en faisant semblant d'avoir perdu la clé de son cadenas de vélo, forçant mon père à prendre ses *cutters*, comme il appelait son outil. Thomas avait scruté le lieu où il rangeait cet instrument et avait examiné scrupuleusement comment il s'y était pris pour briser son cadenas.

Ce matin, il avait glissé subtilement l'appareil dans son sac de sports et n'avait éveillé aucun soupçon. Nous avions calmé nos craintes en nous disant que nous jouerions vraiment de malchance pour que mon père ait besoin, précisément ce jour-là, d'un outil dont il ne se sert pas plus de deux ou trois fois par année.

Thomas devait faire vite. Il devait dérober le cellulaire, faire circuler aussi vite que possible le contenu de l'appareil en espérant y trouver les photos de Simon. Si nous avions vu juste, il le déroberait sans scrupule, laissant notre voyou sous le choc en constatant que son cadenas avait été fracassé et, ô surprise, en ne trouvant plus son fichu téléphone.

Michael Handfield comprendrait alors la note que nous avions fait imprimer à son intention, et que Thomas laisserait bien en vue dans sa case si nous avions réussi notre coup, et qui se lisait comme suit :

Nous avons en main les photos de Simon Duvallier et, du coup, la preuve de tes manœuvres d'intimidation. Ne t'avise jamais de rendre public ne serait-ce qu'un millimètre d'une photo de Simon. Tu ne veux même pas t'imaginer ce qui t'arriverait…

Rendez-vous à la salle des pas perdus demain,
16 h 30. Je te ferai signe.
    Machiavel.

Nous attendions que le vestiaire des garçons soit libre. Ma tâche consistait à consulter nonchalamment le babillard qui était situé face à la porte d'entrée du gymnase qui, elle, était juste à côté de la porte d'entrée du vestiaire. Comme après le vestiaire de gars il n'y avait que celui des filles et une autre porte réservée à l'administration, je pourrais contrôler aisément le trafic en provenance du gymnase.

Sur le babillard était affichée une panoplie de directives, d'annonces, d'horaires de cours divers et autres trucs du genre. Si quelqu'un approchait, je devais m'interposer et poser haut et fort une question à mon interlocuteur.

« Pourrais-tu me dire où est-ce que je dois m'informer pour suivre ce cours de danse ? » ou « Est-ce que tu sais à quel moment se déroulera la journée carrière de l'école ? Je cherche l'annonce et je ne la trouve plus. Pourtant, me semble qu'elle était là la semaine dernière… » Bref, n'importe quoi.

En entendant ma voix, Thomas aurait passablement de temps pour refermer le casier de Michael Handfield sans éveiller de soupçons. N'empêche que, n'ayant pas l'habitude de ce type de manœuvre, mon cœur s'emballait progressivement à mesure que le moment fatidique arrivait.

Heureusement, la cohue se dissipa rapidement, laissant les lieux déserts et nous donnant peu de temps pour réfléchir. Rapidement, Thomas se glissa dans le vestiaire. Postée à proximité, je scrutais le babillard sans le voir, mais personne n'arriva pour me mettre à l'épreuve. Jusqu'à ce que je sente une ombre s'avancer et que j'entende des pas de course rapides. Big Bernie s'était détaché du groupe sans crier gare et était déjà près de moi quand j'intervins promptement, la voix très, trop haute. « Monsieur Roy, est-ce que vous pourriez… »

Je crus défaillir quand il fila droit devant moi en levant un doigt, me faisant signe d'attendre un moment… Instinctivement, je fermai les yeux dans l'attente du pire, quand j'entendis le son métallique d'une porte, celle de l'administration, d'où il ressortait maintenant avec deux ballons de soccer, qu'il lança et fit rouler dans le gymnase à l'intention de son assistant.

– Pardon ? Tu avais une question ? me lança-t-il joyeusement, une fois revenu vers moi.

On dirait que j'avais moi-même fait dix tours de gymnase tellement ma respiration était haletante.

– Heu… merci, ça va maintenant… J'ai trouvé mon information…

Big Bernie fut le seul incident. En fait, il fallut moins de cinq minutes pour que Thomas ressorte de cette pièce. Cinq minutes sur ma montre car, en réalité, l'attente m'avait semblée interminable.

Le temps d'un signe de tête positif de la part de Thomas au sortir du vestiaire, nous avions déjà déguerpi, ne laissant sur notre passage qu'un cadenas brisé, une note piquante et aucun réel soupçon sur notre identité de « malfaiteurs d'un soir ».

Il me fallut néanmoins un bon moment avant de reprendre une respiration normale. Quant à Thomas, il était vert quand je le regardai enfin en face. Son regard en disait long, même si nous avions convenu de ne parler de tout ça qu'une fois rendus au restaurant du coin, devant une pizza extra bacon. Maman croyait qu'on y avait rendez-vous avec des amis et, comme Simon avait des cours d'escrime ce soir, j'avais même cru comprendre qu'elle n'était pas fâchée de se retrouver seule avec papa.

Thomas commanda rapidement même si, de part et d'autre de la table, l'appétit n'était résolument pas au rendez-vous. Le restaurant était rempli à moitié en ce mercredi soir, mais nous avions tout de même trouvé une banquette un peu à l'écart, dont les hauts dossiers nous donnaient une impression d'intimité.

– Bon, vas-y maintenant, je ne peux vraiment plus attendre, lançai-je dès que la serveuse fut repartie avec notre commande. C'est lui ?

– Laura, je crois qu'on est tombé sur le pire des petits vauriens, soupira Thomas qui, une fois la nervosité relâchée, semblait désormais se décomposer devant moi.

– Tu as le cellulaire ? Tu as bien vu les photos de Simon n'est-ce pas ? Parle Thomas, ce n'est pas le temps de me lâcher maintenant…

– J'ai vu les photos de Simon. Il y en avait quatre en tout. Je t'épargne les détails. J'ai vu aussi les photos de la petite Vicky. Je t'avoue que là, j'ai eu le réflexe de fermer les yeux. J'avais l'impression de violer une petite fille, Laura! Je me sens sale d'ailleurs!

– Tu n'avais pas le choix…

– Non, mais attends, j'ai compté une quinzaine de photos en tout. Simon n'était pas le seul petit gars… Il y en avait un deuxième. Et une autre fillette aussi!

– Hein? T'es pas sérieux, Thomas?

– Tu penses que je blaguerais avec ça?

– Mais non, évidemment… C'est une expression voyons… Mais simonac…

Deux verres de liqueur orange apparurent devant nos visages blancs. Nos réflexions se bousculaient en silence.

– Est-ce que tu veux voir les photos? hasarda Thomas, qui connaissait déjà ma réponse.

– Négatif.

La nervosité nous nouait l'estomac pendant que nous tentions péniblement d'avaler une bouchée après l'autre, à la manière d'un médicament obligé.

– Pour demain… amorça Thomas, mais il lut rapidement dans mes yeux qu'il était préférable d'attendre encore un peu pour planifier la suite.

C'était une première. Jamais nous n'avions vécu un repas aussi silencieux mon frère et moi. La pâte à pizza roulait péniblement dans ma bouche en attendant que je sois capable de l'avaler. Ce que j'oubliais d'ailleurs de faire une fois sur deux.

Au bout du repas, nous n'en avions mangé que le quart… La serveuse nous proposa d'emballer le tout en regardant le restaurant qui s'était visiblement rempli sans même que nous y ayons prêté attention. Je compris qu'il fallait partir. Je ne sais toutefois pas combien de temps nous avons erré au parc qui lui, heureusement, était désert. Nous nous y étions réfugiés sur le chemin du retour, repoussant le moment où nous serions à la maison avec l'appareil de malheur, obligés de ne plus se parler du sujet de peur d'éveiller des soupçons.

– Pour demain… reprit Thomas, pieds pendants dans la balançoire à ma gauche. J'aimerais mieux le rencontrer seul à seul…

– Pas question !

Je savais qu'il m'arriverait avec ça.

– Laura, sois raisonnable. Avec le nouvel emploi que tu as dans ton journal, il n'y a pas de risque à prendre.

– Pas question, repris-je en le fixant de mon regard buté, celui qui ne tolérerait aucune autre contrariété. Nous avons commencé ça à deux, nous allons finir à deux.

Thomas savait très bien qu'il ne parviendrait pas à me convaincre à moins de trouver une autre alternative. Il la trouva.

La journée avait été longue, d'autant plus que la fatigue m'avait rattrapée en après-midi, à la suite d'une nuit agitée. Par trois fois, je m'étais levée pour vérifier, cœur battant, s'il y avait des traces de photos de Simon sur le Web. J'étais terrifiée à cette idée mais, visiblement, Michael Handfield n'était pas totalement idiot.

J'avais l'impression que les minutes s'étaient écoulées au compte-goutte. Mon cours de physique venait enfin de se terminer. Zoé m'attendait à la sortie de ma classe et tenta de m'intercepter au moment où je quittais les lieux, mais je parvins à la contourner et à la prendre de vitesse.

Je dévalais les marches quand elle me héla du haut des escaliers, l'air en panique.

– Laura !

– Pas le temps Zoé, on se téléphone ! lui criai-je, sans appel.

– Non, ça ne peut pas attendre ! Ton prof t'appelle ! C'est urgent ! Il veut te voir !

Misère.

– Qui ça ? Quel prof ? lui lançai-je hâtivement lorsqu'elle fut rendue à ma hauteur.

J'avais interrompu ma course, hésitante.

– Jérémie Finley, qui d'autre ?

Je venais de le quitter.

– Mais qu'est-ce qu'il me veut ?

Devant le désespoir qu'elle commençait à détecter sur mon visage, Zoé sembla devenir

réellement embêtée cette fois… Elle s'empour-
prait, d'ailleurs.

– Euh, je ne sais pas trop. Qu'est-ce que tu as,
toi ? questionna-t-elle, hésitante à son tour.

– Je suis pressée, c'est tout !

– Mais… c'est si urgent ton truc ?

– Oui, très urgent. Tu peux aller lui dire que
je vais aller le voir à son bureau demain, s'il te
plaît ? Je suis déjà en retard maintenant !

Zoé hésitait encore… L'air déconfit…

– Bon… Ok…

J'allais courir de plus belle quand elle me
retint par le bras… Cette fois, elle avait l'air
repentante.

– Laura ?

– Quoi !

– Je crois que je viens de gaffer, là… me
souffla-t-elle.

Je n'avais réellement pas le temps de m'y
attarder cette fois. N'empêche que cette dernière
intervention me mit la puce à l'oreille. Lorsque
j'arrivai à la salle des pas perdus, mes doutes se
confirmèrent cruellement.

Non seulement Thomas n'y était pas, mais
Michael Handfield n'y était pas non plus… Je
tournais la tête dans tous les sens, en proie à une
petite panique, quand je vis Zoé arriver, tout
aussi agitée. Elle m'avait visiblement suivie. À
son air, je compris et fonçai vers elle.

– Qu'est-ce qu'il t'a promis pour me retenir,
hein ?

– Un poulet aux arachides… J'ai gaffé, je pense… répétait-elle. Il m'a dit qu'il voulait te faire une surprise… Il n'avait besoin que de cinq minutes, c'est ce qu'il disait…

Zoé se consumait sur place, cherchant à son tour la trace de Thomas, puis un endroit où s'enterrer vivante.

Niet. Rien. Il avait filé sans moi.

Les larmes me montèrent aux yeux et les firent cligner à quelques reprises avant que je parvienne à reprendre le dessus pour éviter une ondée que j'aurais eu peine à expliquer. Je ne savais même pas si c'était de la colère ou de la peur.

En scrutant les lieux, je réalisai d'emblée que Thomas ne pouvait pas parler à Michael Handfield dans cette salle remplie d'élèves errants. Il l'avait entraîné ailleurs, évidemment. Et je n'avais aucune idée, cette fois, de ses «nouveaux» plans.

Pour rehausser le tout, j'avais devant moi une amie repentante et atterrée qui n'arrêtait plus de murmurer des «désolée», d'abord à mon intention, puis pour elle-même. Elle parlait désormais seule, à voix basse.

– Ok Zoé, arrête maintenant, lui indiquai-je en l'entraînant par le coude jusqu'à un banc rempli de coussins qui semblait nous attendre.

Je savais intuitivement que Thomas reviendrait ici après coup. Je savais qu'il savait que je saurais… J'avais été bernée et j'étais désormais coincée. Si je quittais cette pièce à sa recherche, non seulement mes chances de le trouver étaient pratiquement nulles, mais je risquais de manquer son retour.

Devant le climat inconfortable qui régnait entre nous, Zoé eut la sagesse de ne pas insister pour savoir ce qui se tramait ici. Elle avait beau être désespérément farfelue, elle n'avait aucune malice. Je savais qu'elle n'aurait jamais agi de la sorte si elle n'avait pas eu la conviction qu'elle participait à une joyeuse surprise à mon intention. Thomas avait vu juste. Son désarroi me ramena à des sentiments plus doux…

– Tu ne pouvais pas savoir… Ça va… Tu t'es fait avoir toi aussi. Thomas savait très bien ce qu'il faisait. Je ne t'en veux pas à toi…

– Mais moi je lui en veux à lui… Et je n'en veux plus de son foutu poulet aux arachides !

Cette fois, Zoé était hors d'elle. Et cet air renfrogné lui seyait si mal.

Sans le vouloir, j'avais participé à créer un réel drame dans le quotidien joyeux de mon amie. Elle s'était retrouvée dans le pétrin entre nous deux alors qu'elle n'avait voulu que rendre service… Je me surpris à m'attendrir sur son sort et à vouloir la consoler. J'étais devenue la reine des rôles inversés ces derniers temps.

– Thomas n'a rien fait contre toi personnellement, Zoé… Il t'a utilisée, c'est tout…

– Et tu crois que c'est mieux ? Je devrais me sentir mieux d'avoir été utilisée par le gars que j'aime ?

La phrase était tombée nette entre nous deux. Cette fois, elle l'avait dite sérieusement. Elle ne pouvait le nier. Elle ne pouvait plus jouer. Nous étions paralysées tout à coup. Rivées l'une aux yeux de l'autre. Et pour une fois, la télépathie opéra.

– Tu es réellement amoureuse de mon frère…

J'avais laissé tomber ma phrase dans un long souffle d'étonnement.

– Mais non, Laura… plaida-t-elle, confuse. Depuis quand tu me prends au sérieux… hein ?

Sa tentative de diversion était ratée. Plus rien n'allait.

– Zoé Pellerin, tout ce temps, c'était vrai…

Elle était complètement hébétée. C'est alors que je commençai à comprendre qu'elle s'était elle-même prise au piège.

– Zoé, tu ne plaisantais pas cette fois, je le sais. Inutile d'essayer de me convaincre du contraire. « Le gars-que-j'aime ». C'est bien ce que tu as dit.

– Je ne crois pas… Je ne sais pas… Je ne sais pas pourquoi j'ai dit ça…

Visiblement, elle tentait elle-même de démêler ce soudain désordre émotif. Elle en faisait pitié. Tellement que je ne la retins pas quand elle tenta de s'esquiver en prétextant qu'elle avait un *lift* pour retourner chez elle à 17 heures…

– Bien sûr. Fais-moi signe quand tu auras retrouvé tes esprits, lui lançai-je, amicalement cette fois.

Mais Zoé ne souriait plus. Elle ne fit que secouer affectueusement mes cheveux en se relevant.

Jeudi 14 novembre, 17 h 13

La pièce se vidait tranquillement. Il était 17 h 15 quand Thomas revint enfin, comme je l'avais prévu. Contrairement à ce que je souhaitais ardemment, il ne fit toutefois aucun cas des couteaux qui volaient en sa direction depuis mes yeux gris-foncés-furieux. Pire, il ne me laissa aucune chance de prendre la parole en premier.

– Est-ce que tu as ton appareil enregistreur ? lança-t-il, sans autre délicatesse.

J'étais piquée.

– Euh, t'aurais pas autre chose à me dire ?

– Non, me coupa-t-il. On n'a aucune minute à perdre. Dis-moi que tu as bel et bien sur toi ce fichu appareil enregistreur !

– Je l'ai.

– Prête-le-moi.

Ce que je fis sans argumenter cette fois. Mon frère l'enfila dans le fond de la poche de sa veste à capuchon.

– Suis-moi.

– Où ?

– Michael Handfield nous attend dans le bureau de Bruno Harvey. Ce n'est vraiment pas le temps de discuter, Laura. On fera ça plus tard.

Il avait déjà pris les devants. Je le suivais comme une somnambule, tentant de réfréner ma colère, de refouler ma nervosité et de faire à mon tour le ménage dans des sentiments en bataille pendant qu'il hâtait le pas devant moi. Toujours aussi catégorique.

C'en était trop. Je m'arrêtai sec au beau milieu des escaliers qu'il venait d'emprunter.

— Si tu ne me dis pas ce qui se passe immédiatement, Thomas, je tourne les talons et je rentre à la maison.

— Tant pis, fit-il en reprenant sa route.

Le ton, la détermination, ses talons lourds qui cognaient le sol, il n'était visiblement pas dans son état normal. Il était clair qu'il poursuivrait son chemin avec ou sans moi. Je continuai à marcher derrière lui comme une idiote.

— Peux-tu au moins me dire si ce prof, Bruno… Est-ce qu'il est avec toi?

— Non, il m'a simplement prêté son bureau pour… une entrevue à réaliser dans le cadre d'un travail important, c'est ce que je lui ai dit.

Nous étions presque parvenus au bout du long corridor désert lorsque Thomas sortit une clé de l'autre poche de sa veste et ouvrit la porte d'un bureau qui m'était inconnu. Déjà que mes nerfs étaient à vif, l'image qui s'imposa à moi n'arrangea rien.

Affalé sur une chaise derrière le bureau, les yeux rougis, peut-être même bouffis, le regard sombre, les mains crispées, replié sur lui-même, Michael Handfield n'était que l'ombre du petit caïd que nous avions observé ces dernières semaines. Il m'apparaissait même particulièrement petit cette fois-ci. Assez pour m'ébranler.

— Michael, ma sœur Laura, intervint rapidement Thomas, en guise de brève présentation, comme si ça allait nous éviter tout malaise supplémentaire.

Mon frère prit place de l'autre côté du bureau, j'optai pour la chaise à ses côtés. Nous étions tous les deux face au petit homme. Encore une fois, Thomas ne laissa aucune place à l'improvisation. Je le vis glisser sa main dans la poche contenant mon magnétophone, devinant son intention.

– Maintenant, tu vas lui dire ce que tu m'as dit tantôt. Tout ce que tu m'as dit, insista-t-il.

Même la voix du petit Handfield était transformée. Il parlait encore plus du nez désormais, confirmant qu'il avait bel et bien pleuré avant mon arrivée.

– Mon père va me tuer... amorça-t-il.

– Et moi je te répète que tu vas devoir trouver des arguments assez solides merci pour nous convaincre de ne pas te dénoncer immédiatement. Ça va dépendre de ta collaboration. Mais d'abord, je veux que tu répètes ton histoire à ma sœur. Dis-lui si c'est bien toi qui a pris toutes les photos que j'ai en ma possession...

– Oui, laissa-t-il tomber.

Il était à peine audible, mais il avait bel et bien parlé.

– Pourquoi ? grommela Thomas à mes côtés.

– C'est un truc que j'ai appris...

– Pourquoi tu prenais ces photos ? répéta Thomas, qui commençait à être exaspéré. Je ne vais pas me contenter de bouts de phrases alors tu y vas, ou on arrête ça maintenant et j'appelle la police.

Le garçon fixait le bureau d'un air buté.

– Si vous donnez mon cellulaire aux policiers, je vais leur dire qu'il a été volé dans mon casier et que je n'ai jamais pris ces photos ! Je vais tout nier !

Michael Handfield tentait de retrouver une contenance et semblait osciller maintenant entre un important désarroi et un nouvel élan qui, croyait-il, lui permettrait de se débarrasser de nous. Mais le sentiment qui primait chez lui semblait être l'incertitude. Coincé ou pas, il ne savait plus.

– Une chose est sûre, somma Thomas. Si tu ne répètes pas maintenant ce que tu m'as dit tantôt, j'appelle la police immédiatement. Tu t'arrangeras avec elle et avec tes mensonges. Je m'en fous complètement !

– Ok, ok… bougonna le petit Handfield, qui semblait désormais passer du désarroi à une attitude où la bravade commençait à pointer. Mais c'est inutile, je vais tout nier.

– Laisse-moi en juger. Tu nieras plus tard ! rouspéta Thomas.

– Je les menaçais avec les photos. T'es content là ? J'avais dit aux gars que je trouverais un truc pour que Simon Duvallier ne soit pas dans notre équipe de soccer…

– Et la petite Vicky, elle ? questionna Thomas, bouillant.

– Ouin ben elle, je voulais juste qu'elle nous en montre plus. Elle est pas mal à mon goût celle-là.

Je n'avais pas prononcé encore un seul mot, mais je crois que mon visage commençait à parler. Je crois même que mes yeux gris-foncés-enragés commençaient à sortir de ma tête. J'avais eu un bref coup au cœur en voyant ce garçon en détresse, mais ma pitié avait fichu le camp soudainement.

Je crois que Thomas devina rapidement mon trouble, détournant soudain l'attention vers lui.

– À part ton cellulaire, où sont ces photos ?

– Quoi ? Je ne comprends pas… balbutia le petit caïd.

– Tu as bien compris. Je veux maintenant savoir où tu as mis les photos de ton cellulaire. As-tu un ordinateur à la maison ?

Le jeune avait les yeux écarquillés.

– Ben… oui…

– Je veux le voir.

– Quoi ? Mais non… Il n'est pas vraiment à moi. C'était à mon frère, mais il est légume maintenant… Fait que… c'est moi qui ai son ordi.

– Et je suppose que tu as mis les photos dans cet ordi ?

– Non ! J'ai pas fait ça… Toutes les photos sont dans mon cellulaire, ça c'est vrai. On peut les détruire ici si tu veux. Si on fait ça, je vous jure que je ne le referai plus jamais. Ça sert à rien d'appeler la police…

– Je veux voir ton ordinateur. Montre-le moi et on verra après si je te dénonce ou non.

Thomas était catégorique.

– Ben là…

– Ben là quoi. Il y a quelque chose que tu ne comprends pas là-dedans ?

– Ben là… Il est chez nous, l'ordinateur…

– Pis après ? Moi j'ai tout mon temps. On y va tout de suite. Tu demeures où ?

– Pas loin d'ici… Mais vous ne pouvez pas venir chez nous…

– Ah non ? Et pourquoi on ne pourrait pas y aller ? Qui demeure avec toi ?

– Ben… Y a mon père…

Thomas prit un très bref temps de réflexion. Il était en feu.

– Bon, tu lui diras qu'on est des amis, c'est tout. On vient avec toi t'aider pour un travail d'école. C'est simple.

– Mais non, c'est pas ça…

– Alors c'est quoi ?

– Mon père n'est pas là. Il est jamais là…

– Bon alors, qui te garde ?

Michael Handfield esquissa une sorte de faible sourire.

– Qui me garde ? Ben là… J'me garde tout seul ça fait longtemps ! J'ai douze ans !

« Douze ans et déjà délinquant », songeai-je. Et qui plus est, un délinquant livré à lui-même, devait-on en comprendre.

C'est à ce moment que je jugeai bon d'intervenir. J'avais choisi de parler délicatement et je crois que la tactique était plutôt bonne puisque dès cet instant, c'est à moi que le garçon s'adressa, considérant probablement que j'étais moins menaçante que Thomas.

Je renchéris donc, en prenant le ton de celle qui se souciait de lui, empruntant un truc que j'avais déjà vu dans des films qui présentaient le bon et le méchant policier.

– Mon frère veut dire… Qui prenait soin de toi quand tu étais… petit? Et où est ta mère?

Thomas me fixa d'un regard que je ne lui retournai pas.

– Ma mère est morte quand j'avais trois ans et mon père n'est pas souvent à la maison. C'est mon frère le plus vieux qui s'occupait de moi avant… Mais là, il est en prison. Mon autre frère l'a remplacé, mais il est légume depuis un an… Avant son accident, j'avais emménagé avec lui dans un logement au-dessus de son gym, mais il l'a loué par la suite alors on était retourné chez mon père…

– Et il est où ton père? questionnai-je.

– Sais pas, dit-il en haussant les épaules et en faisant la moue.

Il adoptait une autre attitude avec moi, comme pour que je le prenne en affection ou en pitié, je ne sais trop. On avait visiblement affaire à un petit manipulateur. Thomas avait vu la même chose et intervint brusquement.

– Bon alors on y va maintenant. Tu vas me laisser ton ordinateur une petite heure… On verra après ce qu'on va faire de toi…

– Non.

Pour la première fois, le garçon était catégorique. Thomas le sentit également.

– Comment ça, non?

– Non. Vous ne viendrez pas chez moi. Appelez la police si ça vous chante, mais vous ne viendrez pas chez moi. Je vais tout nier. Je vais tout nier…

Michael Handfield était terrifié. On voyait des larmes monter sur son visage buté, mais il ne bronchait plus.

– Je vais tout nier. Je vais leur dire ce que vous avez fait. Je vais tout nier !

Cette fois, il criait presque, en proie à un début de panique.

– Tu ne peux plus nier maintenant. Tu aurais pu le faire tantôt mais avec ça, tu n'as plus grand choix…

À la minute où Thomas sortit le magnétophone de sa poche, j'ai vu le château de cartes de cet enfant s'effondrer en direct. La face de Michael Handfield retrouva subitement la gravité que j'y avais lue en arrivant dans ce bureau.

– Tu es dans le trouble mon bonhomme… Tu vas aller rejoindre ton frère en prison, j'en ai bien l'impression… renchérit mon frère.

N'importe quoi.

La menace fonctionna néanmoins. Depuis les aveux de Simon à la maison, je n'avais encore jamais vu un visage se décomposer de la sorte. Mais contrairement à Simon, qui accusait un soulagement à mesure qu'il partageait son fardeau, Michael Handfield avait un profil différent. Celui de la peur. Une peur terrible. Qui me terrifiait moi-même.

Le silence remplit le bureau. Seuls les hoquets des sanglots de Michael Handfield perçaient désormais l'air suffocant.

200

Le quart d'heure qui s'en était suivi avait été composé de supplications. Son père était très violent, il allait le tuer. Son frère aîné était en prison, il ne pourrait pas le défendre. De toute manière, il voudrait le tuer lui aussi. L'autre était maintenant dans un état végétatif. Il n'avait personne. Personne. On ne pouvait pas lui faire ça. Il nous dénoncerait.

Tout y était passé. Il avait monté le ton, pleuré, joué les victimes. Tout. Thomas l'avait laissé s'enliser, avant de se lever, de lui indiquer le chemin de la sortie du bureau et de le suivre jusqu'à l'abri désert de l'arrêt d'autobus où il nous avait entraînés sur ses pas.

Michael Handfield était perdu dans ses pensées. Résolument troublé. Il bougeait mécaniquement, pris au piège. Thomas et moi nous attendions à tout moment à le voir partir en courant d'un côté ou de l'autre, mais le petit homme avait compris qu'il n'avait aucune issue. L'autobus arrivait au loin.

– Si je vous montre cet ordinateur, allez-vous vraiment me foutre la paix après ?

– On verra. Une chose est sûre, tu gagnes du temps pour le moment… Et de toute manière, je ne crois pas que tu aies beaucoup d'autres choix, répliqua Thomas.

Il demeurait à peine à dix minutes de l'école, mais le quartier était néanmoins assez retiré pour qu'il me soit étranger, et diablement pauvre. Aucune maison sur sa rue n'était en bon état. La sienne était parmi les pires, d'ailleurs. J'avais presque peur de grimper les marches en bois du perron tellement elles me semblaient en piteux état. Mais ce n'était rien comparativement à l'intérieur. L'odeur me prit à la gorge dès mon entrée. Il y avait même des excréments au sol. De chats, je dirais.

La maison semblait effectivement déserte à l'exception des nombreux félins qui y circulaient allègrement. Il y avait bel et bien une litière qui trônait dans un coin de la cuisine mais, de toute évidence, aucun chat n'avait l'intention d'y déposer une patte.

L'ambiance était morbide. J'en avais la chair de poule en escaladant l'escalier qui nous menait au deuxième étage du bordel qui s'étalait sous nos yeux. Heureusement, la chambre de Michael Handfield était un peu mieux que les autres. Il ne protesta pas quand j'ouvris sa fenêtre un peu pour aérer l'espace.

Le garçon pointa le bureau sur lequel il y avait effectivement un ordinateur. Thomas pris place sur la chaise droite au tissu effiloché qui était postée devant. Michael Handfield se réfugia sur son lit, assis, les coudes sur ses genoux, son visage entre ses bras, camouflé. Je préférai demeurer debout derrière Thomas pendant qu'il étudiait d'un œil avisé l'instrument, ouvrant allègrement un dossier, puis un autre. Cliquant sans scrupules sur une icône, puis sur une autre. J'étais dans mes petits souliers, jugeant la situation aussi sordide que gênante. Extrêmement inconfortable.

Thomas mit un moment avant de cliquer sur le nouveau dossier qu'il venait de dénicher et qui était intitulé «photos». Il y en avait de tous les genres. Des photos d'anniversaires, de Noël, d'école, de matches de hockey dans une ruelle et même deux ou trois d'une femme que je devinai être la mère, à en juger par les enfants qui s'agglutinaient autour de sa jupe. Des enfants qui avaient tous le même air. Inquiet. Aucune trace de Simon et compagnie.

J'avoue qu'autant j'étais ravie de savoir que mon frérot était maintenant libéré de toute forme de chantage, autant j'étais soulagée de constater que les malheurs de Michael Handfield n'avaient pas été amplifiés par notre investigation.

Thomas avait mis une bonne heure à faire le tour de l'appareil. Ses épaules s'étaient rabaissées un peu. Mais mon frère avait toujours en tête de dénoncer Michael Handfield à la direction de l'école ainsi qu'aux policiers. Je le savais. Le garçon le savait aussi. J'avais moi-même la conviction qu'aussi dure soit cette réalité, nous n'avions aucun autre choix. Le garçon le savait aussi. Personne ne parlait lorsque Thomas referma l'ordinateur devant nous.

– Il y a tout de même une chose que je ne comprends pas, dis-je en brisant le silence. La photo imprimée que tu m'as envoyée avec l'espa-drille… Tu ne l'as pas imprimée avec ton cellulaire, il a bien fallu que tu la mettes dans un ordinateur ?

– Ouais, mais je n'ai pas besoin de laisser la photo dans l'ordi. Quand je débranche mon cellulaire, elle disparaît… J'aurais jamais pris le risque de les laisser là…

Le silence retomba aussitôt. Tout comme pour moi, les réflexions de Thomas se bousculaient. Je fus surprise de voir à quel point son trouble était bien senti lorsqu'il s'adressa à Michael.

– C'est fini maintenant, lui dit-il. Je ne t'achalerai plus jamais, mais j'emporte le cellulaire avec moi.

Michael releva ses yeux gorgés d'eau. Il mesurait à peine deux pieds cette fois. Sa voix se fit douce pour la première fois.

– Il n'y avait rien dans cet ordinateur, je te l'avais dit. Mais je peux te donner quelque chose qui va vous intéresser tous les deux, en échange de mon cellulaire.

Ni Thomas ni moi ne comprenions désormais ce qui se passait dans cette pièce. J'avais pris place sur le coin du lit. Thomas était renfoncé dans sa chaise qui grinçait péniblement dès qu'il se tournait un peu.

– C'est quelque chose qui appartenait à mon frère.

– Lequel?

Je ne sais même pas pourquoi j'avais posé cette question. Les nerfs peut-être. Mais Michael Handfield s'adressait uniquement à Thomas désormais. Il le regardait d'ailleurs droit dans les yeux en lui répondant. À lui.

– Sam. Celui qui est légume.

– Et pourquoi tu penses que ça nous intéresserait?

– Parce que. Je le sais. Mais je veux que tu me redonnes mon cellulaire en échange, insista-il.

– Je ne vais pas te laisser repartir comme ça… avec les photos que tu as prises…

Même Thomas parlait doucement maintenant. Il avait une autre attitude désormais. Cette maison, ces photos, ce petit bout d'homme anéanti sur son lit… Nous ne pouvions plus nier la triste réalité de ce garçon. Thomas y était aussi sensible que moi. Il ne pouvait en être autrement.

– Je ne veux plus de ces photos. Nous allons les détruire ensemble, proposa Michael, et je reprendrai mon cellulaire ensuite.

– Non.

Thomas jonglait avec sa conscience, et elle avait repris le dessus. La mienne était encore chancelante. Je tentai une diversion.

– Tantôt, dans ce bureau à l'école… Tu as dit que les photos, c'est un truc que tu avais appris… De qui as-tu appris ce truc au juste ?

Michael me regarda cette fois, levant les sourcils l'air de dire qu'il y avait là une évidence.

– De ton frère, c'est bien ça ? clarifiai-je.

Je vis une étincelle s'allumer dans l'œil de Thomas. Visiblement, nous n'en avions pas encore terminé.

– Moi, c'était seulement des photos. Lui, c'était des films.

Il pesait ses mots, la peur au ventre.

– Je n'en dirai pas plus. Je veux qu'on détruise toutes les photos d'abord.

Mon frère et moi nous dévisagions maintenant. La télépathie allait bon train. Mais une seule question circulait entre Thomas et moi : « Qu'est-ce qu'on fait ? » Je pris les devants de nouveau, suivant mon intuition.

– Tantôt, tu as précisé que ton truc risquait de nous intéresser tous les deux. Pourquoi tous les deux ? Pourquoi moi ?

– Parce que. Je le sais.

Décidément. Les réflexions circulaient à vitesse grand V. Thomas me prit de court en me faisant un signe positif de la tête. Après hésitation, je lui fis néanmoins le même signe.

– Michael…

C'était au tour de Thomas de peser tous ses mots.

– Si tu me donnes tes trucs, souffla-t-il, on détruit ensemble les photos, comme tu le demandes. Avec un enregistrement sans photos, nous ne pouvons rien prouver et les policiers non plus. Mais nous ne pouvons pas ne rien faire…

Le garçon était pendu à ses lèvres.

– Si tu me donnes tes trucs, ou ceux de ton frère j'imagine, nous allons accepter si ma sœur est d'accord, mais à une seule condition. Je ne vais pas téléphoner à la police, mais je vais aviser la Protection de la jeunesse.

À voir le regard du petit homme, il savait exactement ce que cela signifiait.

– Écoute. Tu ne peux pas rester ici comme ça, ni seul, ni dans cet environnement dégoûtant.

– Je ne veux pas partir d'ici, c'est ma maison…

– Pour être honnête, je ne sais absolument pas comment tout ça fonctionne. Tu ne seras peut-être pas obligé de quitter cette maison… Ces gens-là vont savoir quoi faire. Ils vont t'aider à être mieux. La seule chose dont je suis certain, c'est que tu peux avoir une vie plus belle que celle-là.

Michael Handfield ne parlait plus. J'aimais beaucoup l'idée de Thomas.

– Je vais dire les choses autrement… ajoutai-je alors. Si nous nous en allons comme ça, nous allons aviser les policiers ET la Protection de la jeunesse. Tu peux en être certain. Si tu nous donnes tes trucs, j'accepte que nous laissions tomber les policiers.

Il ne parlait pas davantage. L'attente fut longue.

– Et nous allons détruire les photos ensemble ? demanda-t-il, avec plusieurs minutes de retardement.

– Et nous allons détruire les photos ensemble, laissai-je tomber, catégorique.

– Et qu'est-ce qui me dit qu'une fois que vous aurez vu les trucs de mon frère, vous allez vraiment détruire mes photos ?

Cette fois, nous étions piégés.

– Nous allons le faire en deux temps, proposa Thomas. C'est donnant-donnant. Nous n'avons pas le choix de toute manière… Pour que ça fonctionne, il faut prendre le parti de tous se faire confiance mutuellement, alors voici comment nous allons procéder. Nous effaçons dans un premier temps les photos de la fillette et de l'autre garçon que je ne connais pas. Tu nous montres tes trucs et, après coup, nous éliminons celles de Vicky et celles de Simon.

Le climat avait changé dans cette pièce. De la confrontation complète, nous en étions venus à une complicité obligée. L'attitude de Michael Handfield s'était métamorphosée autant que la nôtre d'ailleurs. Je crois qu'il comprenait qu'en bout de ligne, nous ne lui voulions pas tant de mal que ça.

– Simon et Vicky d'abord, les autres après, tenta-t-il dans un ultime recours.

– Non.

La réponse de Thomas était tombée nette, mais avait le mérite d'être claire.

– La négociation est finie maintenant, renchérit-il. Nous faisons les choses comme je te l'ai proposé ou bien, Laura et moi, nous nous en allons. Maintenant.

Thomas ne patienta que trente secondes avant de se lever et de me faire signe d'en faire autant. Mais comme nous nous y attendions, le garçon nous demanda de rester. Son visage parlait encore davantage. Il allait bel et bien nous livrer la marchandise.

Jeudi 14 novembre, 20 h 20

Comme convenu, nous avions détruit les premières photos ensemble avant qu'il nous demande de quitter sa chambre quelques instants, le temps qu'il récupère ses trucs dans une cachette qu'il tenait mordicus à garder secrète.

En ouvrant la porte de nouveau, il avait en main quatre DVD, qu'il tendit à Thomas nerveusement.

– Je n'ai rien à voir là-dedans. Tout ça, c'est à mon frère... Moi je les ai juste copiés sur des DVD avec un ami à moi qui a un graveur...

– Ton frère savait que tu avais fait ça ?

– Jamais ! Je pense qu'il ne savait même pas que ça existe, un graveur. Il ne savait pas non plus que je jouais avec son ordi quand il était au gym... Il m'aurait tué s'il l'avait su... Mais aujourd'hui... Il peut rien faire contre moi. Et vous, vous pouvez rien faire contre lui non plus. Dans l'état où il est maintenant, il est déjà comme en prison...

Thomas, je le sentais, n'était pas du tout à l'aise en prenant le premier DVD, mais Michael intervint en lui désignant un autre disque.

– C'est celui-là qui risque de vous intéresser le plus... murmura-t-il.

Mon frère écouta la consigne du petit homme et inséra le DVD dans l'ordinateur. Nous attendîmes quelques secondes avant que les images apparaissent. Incongrues. Insensées. Tordues.

Le sang se glaça dans mes veines. Pour la première fois, je sentis que cette phrase n'était pas qu'une image.

– C'est, c'est Jonathan Duval ça ?

Sur l'écran, Jonathan Duval avançait dans la pièce. Une chambre. Il avait un doux sourire pendant qu'en fond sonore, on entendait une autre voix familière… Quelques instants plus tard, Kevin Summers apparut clairement, même s'il était de dos. Les deux jeunes hommes s'enlacèrent et se fondirent dans un baiser langoureux qui n'était visiblement pas leur premier, pendant que Summers détachait les jeans de son partenaire.

Thomas appuya sec sur le bouton pause et l'image se figea nette devant nous.

– Je le sais, c'est dégueulasse, grimaça Michael. Mais sur les autres films, ce sont des filles. C'est beaucoup mieux… commenta-t-il, comme s'il était convaincu qu'en tant que gars, Thomas serait naturellement du même avis que lui et qu'il apprécierait…

Je n'en croyais ni mes yeux, ni mes oreilles.

– Où sont-ils ? questionnai-je.

– Ben… dans notre logement. Celui dans lequel on restait… là… en haut du gym. Le plus grand, dit-il en identifiant Kevin Summers, c'est lui le nouveau locataire. Mon frère n'avait plus d'argent alors il a dû louer notre appart… Ses films ne lui rapportaient pas assez… On a été obligés de revenir habiter ici…

Il avait l'air boudeur cette fois.

– Est-ce que tu veux dire que ton frère vendait ces films ?

Thomas semblait terrassé cette fois. Il était clair désormais que j'avais pris les rênes de l'« entrevue »…

– Ben non, il était pas con, quand même, mon frère.

– Mais tu parlais d'argent…

– Ouin ben c'est ça le truc…

– Pourrais-tu être plus clair ?

Cette fois, c'est moi qui commençais à être exaspérée. Le garçon en fit autant, levant les yeux au ciel comme si tout était si évident, pourtant.

– Les gens qui sont sur les vidéos, ils donnaient de l'argent à mon frère pour pas qu'il les mette sur le Web. C'est comme ça qu'il payait ses dettes !

– Parce qu'il a déjà affiché ce type de vidéos sur Internet ?

– Mais non… Tout le monde le payait, c'est sûr. Il n'a jamais eu besoin de faire ça !

– Kevin Summers et Jonathan Duval ont payé ? C'est ça ?

– Sais pas. Ça doit.

– Et ils étaient filmés avec quoi, au juste ?

– Ben… avec une caméra…

– Et elle était où cette caméra ?

– Ah ça, je sais pas. Elle devait être bien cachée en tous cas…

– Et sur les autres vidéos, les gens sont tous dans cette chambre ?

– Non… Je sais pas trop où ils étaient sur les autres vidéos… Je sais pas tout, moi là… Mon frère avait ses trucs… Regarde-les, les autres films, tu vas voir…

– Ça va aller, merci. En fait ces films, ce sont tous des trucs sexuels du genre, si je comprends bien…

– Ben, y a juste ce film-là qui montre des pédés. Les autres, ce sont tous des vidéos avec des gars et des filles que je connais pas, mais c'est pas mal plus *hot*…

Michael Handfield semblait soudain avoir repris ses airs de famille. Il savait évidemment que ces « trucs » étaient illégaux mais, dans son attitude, on devinait que pour lui, c'était non seulement un jeu, mais c'était aussi « trop cool ». La Protection de la jeunesse aurait fort à faire avec lui.

Thomas revint tranquillement à la surface.

– Mais les gens qui sont filmés… Ils payaient comme ça, sans savoir ce que ton frère ferait après de ces vidéos ? questionna-t-il à brûle-pourpoint.

– Beeeen non !

Aux yeux de Michael Handfield, Thomas et moi étions décidément deux véritables demeurés.

– Une fois qu'il avait l'argent, mon frère détruisait les films devant eux… Comme on a fait tantôt avec les photos… C'est pour ça que mon ami et moi, on se dépêchait de les graver quand on en trouvait un nouveau ! Mais il n'y en pas eu tant que ça… On en a trouvé quatre seulement. Vous les avez tous…

***

Sur le chemin du retour, le vocabulaire était plutôt limité entre Thomas et moi, principalement composé de «C'est pas possible...» et autres dérivés. En fait, nous ne savions même pas ce que nous devions faire désormais, sinon appeler la Protection de la jeunesse à la première heure le lendemain. Nous avions convenu que Thomas s'en chargerait alors que moi, j'avais le mandat de conserver les DVD. Mon frère ne savait pas s'ils pourraient m'être utiles.

– Tu les détruiras quand tu auras réfléchi... De toutes façons, dans l'état où est celui qui les a faits, ils ne l'enverront certainement pas en prison, disait-il. Je te laisse en juger à tête reposée.

Il était tard quand nous sommes rentrés à la maison, complètement crevés. Pour ne pas inquiéter les parents, Thomas avait téléphoné en fin de journée pour les aviser que nous organisions une soirée de films d'horreur avec des amis, mais nous ne savions pas qu'il disait si vrai.

Nous étions trop peu bavards avec eux une fois rendus à la maison, c'en était douteux. Nous hâtâmes donc les choses pour déguerpir de la cuisine rapidement. Un sandwich plus tard, nous étions déjà chacun dans notre chambre. Épuisés. Pour la première fois depuis quelques semaines, mon sommeil fut profond. Très. Je ne vérifiai même pas mes courriels avant de tomber dans mon lit, c'était tout dire...

Vendredi 15 novembre, 7 heures

J'avais déjà balancé deux claques à mon réveille-matin quand je revins à la vie. La réalité me frappa rapidement. Mon bras tomba de mon lit jusqu'à mon sac-à-dos, à côté, ne serait-ce que pour voir si les quatre DVD existaient bel et bien ou s'ils ne sortaient tout simplement pas d'un mauvais cauchemar. Ils existaient.

J'avais encore en mémoire la destruction des autres photos du cellulaire de Michael Handfield, exercice qui s'était fait en silence et qui avait au moins l'heureuse conséquence de délivrer Simon de toute forme de chantage.

Mais il y avait une autre image que je ne parvenais pas à chasser de ma tête, celle du regard angoissé de Michael Handfield quand nous sommes ressortis de chez lui avec les pièces à conviction qu'il nous avait confiées et qui n'incriminaient que son frère. Le paraplégique.

Avec les derniers événements de la semaine, j'avais passablement de boulot à rattraper, aussi bien dans mes travaux scolaires que dans mes articles de journal. J'avais achevé la veille les deux nouveaux sujets qui paraîtraient dans l'édition de demain, mais j'avais fort à faire pour prévoir déjà les deux suivants. Je savais d'emblée que la semaine à venir serait embourbée de travail et que le week-end qui s'annonçait y serait entièrement consacré. Mais encore fallait-il savoir ce que je ferais de ces fichus DVD.

Il était rendu 7 h 10 quand je me fis violence pour sortir du lit avec le réflexe d'aller saluer mon écran d'ordinateur. Première mauvaise nouvelle, Ian Mitchell m'informait que des troubles d'ordre technologique l'empêchaient désormais de communiquer avec moi aussi fréquemment qu'il le souhaitait. En fait, il était question d'un satellite qui leur porterait secours, mais qui les obligeait à attendre son passage à une heure bien précise pour pouvoir utiliser Internet, généralement entre 1 heure et 3 heures du matin…

Toujours aussi charmant, il m'avait donc envoyé cette nuit autant de matériel qu'il avait pu, incluant quelques photos. Je souris en scrutant les informations fournies et en constatant de nouveau à quel point il devinait mes besoins d'informations. Il y avait encore là assez de contenu pour garnir quelques nouveaux articles sur cette série qui, m'avait avisé Richard Dunn, connaissait un beau succès dans les pages du *Courrier Belmont*. On avait même imaginé, là-bas, une mise en page particulière qui mettrait, samedi, mon article en relief avec un encadré et un bloc photo qui présentait mon visage au lieu de la simple signature. Je détestais ma photo, mais bon.

Un deuxième courriel me provenait de Zoé.

Hey. S'il te plaît, je serais rassurée de savoir que tu ne parleras pas à Thomas de… tu sais quoi… J'aimerais que ça reste entre nous.
Zoé.

Mon amie n'avait jamais écrit si brièvement. Visiblement, elle ne s'était pas encore remise, en conclus-je, sourire en coin. Je tenterais de la voir aujourd'hui pour dissiper son malaise.

Je la rassurai effectivement entre deux cours, mais je n'avais pu faire beaucoup mieux. Sur l'heure du midi, je m'étais plutôt cloîtrée dans la salle de rédaction pour reprendre un peu de terrain perdu côté boulot. Je ne pus toutefois m'empêcher de fouiller mon ordinateur, à la recherche d'informations sur le suicide de Jonathan Duval d'abord. Recherche inutile puisque les médias ne parlent jamais d'une mort par suicide, sinon exceptionnellement.

J'en appris à peine plus sur l'accident de Sam Handfield qui, notai-je, s'était produit tout juste la semaine suivante. Je savais que le moment était venu pour moi de confronter de nouveau Kevin Summers.

Je me pointai directement au gymnase ce soir-là. Seule cette fois. À la même heure que la dernière rencontre.

Son cours n'était pas encore terminé. Il n'avait évidemment pas osé me jeter à la porte devant ses élèves, mais ses yeux ne me toisaient pas de manière amicale. Quand je sortis le DVD de mon sac et le lui montrai, il se montra toutefois intrigué. Dès le dernier élève sorti de son local, il ne perdit pas de temps.

– Je croyais avoir été clair avec toi l'autre jour. Qu'est-ce que tu me veux cette fois-ci?

– Je veux juste te montrer un DVD, Kevin, s'il te plaît.

Non seulement ma douceur tranchait avec son hostilité mais, devant lui, je devais admettre que mes sentiments étaient bien différents de la dernière fois.

– As-tu un ordinateur ici?

Par une vitre, il me désigna un appareil au loin, au comptoir d'accueil du gymnase, dans la salle centrale.

– Non, ça va nous prendre un endroit plus privé que ça.

J'étais d'un calme qui me surprenait moi-même. Kevin Summers l'avait sûrement noté, ce qui avait toutefois un tout autre effet sur lui, amplifiant sa nervosité désormais.

– Tu pourrais arrêter de faire des mystères? tonna-t-il.

– Bien sûr, c'est mon intention. Je veux te parler. Je veux tout te dire justement.

– C'est au sujet de Jonathan Duval, c'est ça?

– Effectivement.

Il se renfrogna comme la dernière fois, mais je ne laissai aucune autre occasion au climat de s'envenimer.

– Kevin, je peux te dire deux choses. La première, c'est que je sais tout. La deuxième, c'est que je ne te veux aucun mal. Tout ce que je te demande, c'est de parler en privé. Je te jure que je fais ça autant pour toi que pour moi…

Il détourna simplement le regard avant d'avancer vers le milieu de sa salle de cours. Les uns après les autres, il empilait les matelas. D'abord doucement, puis de plus en plus agressivement. Le dernier tapis, il le lança pratiquement au bout de ses bras avant de s'asseoir sur la pile.

Il avait les coudes sur ses genoux, le visage penché vers le sol, les mains derrière la tête. J'étais assise sur un banc le long du mur. Je ne parlais plus, le laissant à sa réflexion. Mais ma nervosité était bel et bien tombée. Le calme ne me quittait plus cette fois. Probablement parce que j'avais la conviction profonde de faire ce que je devais. Je ne voyais rien d'autre de toute manière.

Il mit un bon cinq minutes avant de se relever et de me faire signe. Il me demandait cette fois de le suivre.

Vendredi 15 novembre, 18 heures

La porte de son appartement côtoyait celle du gymnase. On ne faisait qu'un pas pour l'atteindre et monter le grand escalier qui menait au logis. En ouvrant la porte, en haut des marches, il me signifia rapidement qu'il allait d'abord prendre une douche rapide. Qu'il en avait besoin. Il me fit signe de prendre place sur le sofa.

Je ne m'attendais pas à ce que les lieux soient décorés avec autant de bon goût. Murs gris, canapé bleu foncé, lampe argentée, meubles noirs, un mélange d'allure contemporaine et masculine qui avait l'avantage de contenir un amalgame de textures douillettes, rideaux satinés, moquette à poils longs et amas de coussins moelleux. Sur la table d'entrée, il n'a pas retourné la photo de Jonathan Duval que j'avais remarquée illico.

Sa douche fut en effet plutôt rapide. Il était entièrement habillé de vêtements sport confortables et visiblement douillets eux aussi. Il prit place sur le sofa, un portable sur ses genoux. Avec ses cheveux bruns foncés lissés par la douche, ses yeux sombres auréolés de très longs cils, son visage légèrement émacié et sa dentition aussi blanche que parfaite, il avait un air un peu latino, je trouvai. Mais surtout, il était franchement beau. Ça ne m'avait encore jamais sauté au visage comme présentement.

– Qu'est-ce que tu sais, au juste…

Lui aussi semblait cette fois drôlement calme. Sa voix était douce. Je n'en avais pas espéré tant.

– J'aimerais que tu regardes ça d'abord, lui répondis-je en lui tendant le disque.

Il me fixait gravement en prenant l'objet. Mais il ne perdit pas de temps et enfila rapidement le DVD dans son portable. Assis de biais à lui, je n'ai pas voulu regarder sa réaction tout de suite, mais devant le silence ambiant, je dus me retourner.

De grosses larmes coulaient sur ses joues. Sa tête faisait des signes négatifs, comme s'il refusait de voir ce qu'il observait. En fermant son écran sur ses genoux, il repoussa la tête sur son dossier. Ses yeux étaient fermés, mais inondaient néanmoins son visage. Les miens se mouillèrent également. Je devais me concentrer pour ne pas que mon menton se mette à trembler tellement j'étais troublée.

Il avait la voix rauque et avait gardé ses yeux fermés quand il me questionna enfin.

– Ça vient d'où?

– Le petit frère de Sam Handfield. Michael. Il jouait avec l'ordinateur de son frère et il avait trouvé des films. Un petit ami à lui avait un graveur et ils ont fait des vidéos. Il en avait quatre en sa possession. Thomas et moi, nous les avons tous désormais. Toutes les images n'étaient plus dans l'ordinateur de Sam Handfield, mais ça, je pense que tu le sais déjà n'est-ce pas?

Kevin Summers demeura silencieux.

– Qu'est-ce que tu veux?

– Je veux connaître le fin fond de cette histoire. Mon petit frère Simon a été victime de chantage avec des photos de lui prises dans la douche de l'école… C'est Michael qui faisait ça. Il imitait son frère à plus petite échelle... Lui, il sommait Simon de retirer son nom de son équipe de soccer, t'imagines...

Encore une fois, il faisait non de la tête. Mais ses yeux demeuraient fermés, tête renversée légèrement vers l'arrière.

– Toi, c'est de l'argent qui t'était demandé n'est-ce pas ? Jonathan Duval essayait de trouver une somme d'argent, peu avant son suicide...

Cette fois-ci, il ouvrit les yeux et me fit face.

– Comment peux-tu savoir ce que faisait Jonathan avant son suicide ?

– J'ai rencontré sa mère... Rachel Duval.

– Et c'est elle qui t'a dit ça ?

– Hum hum.

Je lus son visage.

– Tu ne savais pas que Jonathan essayait de réunir la somme, c'est ça ?

Il refoulait des sanglots cette fois, continuant ses signes de tête négatifs. Quand il ouvrit la bouche, ses phrases étaient secouées de légers hoquets qu'il tentait de réfréner.

– Je lui avais dit que j'allais m'occuper de ça... Mais Jonathan était paniqué. Il était complètement obsédé par les menaces de Sam. Il ne dormait plus. Pour l'argent, c'est lui qui était visé... Handfield savait trop bien à quel point j'étais cassé et comment la famille de Jonathan était riche... Il nous tenait... Jonathan avait vu la vidéo, mais pas moi. Cet enregistrement, l'argent, les menaces, il s'en est rendu malade. Je suis certain qu'il en a fait

une dépression. Ce n'était pas un gars suicidaire…
C'était un gars merveilleux, très sain…

À n'en pas douter, Kevin Summers était amoureux.

– Tu l'aimais beaucoup n'est-ce pas ?

– Ouf… Je l'aimais comme je n'avais jamais aimé, laissa-t-il tomber. Je sais que je n'aimerai plus jamais comme ça. J'ai essayé de le convaincre de dénoncer Handfield. Je m'en fichais complètement de mon *coming out*, mais pour Jonathan, tout allait trop vite. Il n'était pas prêt. Mais il y avait aussi autre chose qui le rongeait… Pour lui, c'était une question d'honneur. Il ne tolérait pas la menace qui planait au-dessus de sa tête. Je pense que le fait de sortir du placard sous la pression était quelque chose d'abominable. Il tenait à faire les choses comme il faut. À son heure.

– Est-ce que tu as deviné qu'il pensait au suicide ?

– Non, pas du tout… Je ne me doutais pas qu'il en était rendu là… J'ai viré la situation de tous les côtés et je suis certain que son suicide, c'était sa manière à lui de se tirer de la situation. Après un suicide du genre, Sam Handfield était fait à son tour. Cette vidéo ne pouvait plus lui servir d'aucune façon. Il aurait eu bien trop peur d'en être tenu criminellement responsable… Ce qu'il était d'ailleurs. Et le pire, c'est que je ne pense même pas que la justice aurait été de notre bord… Comment prouver tout ça ? Et même si ça avait été concluant. Il en aurait pris pour combien ? Pour cinq ans ? Et il serait sorti de prison au bout d'un an ? À peine ?

Kevin Summers se livrait ici comme il ne s'était probablement jamais livré. Tous les morceaux du casse-tête se placèrent soudain dans ma tête. J'en étais soufflée. Complètement figée sur ce canapé.

– Alors tu as créé ta propre justice…, laissai-je tomber, les yeux écarquillés.

Il avait refermé les yeux. Sa tête était retombée lourdement sur le dossier du sofa. Les larmes avaient recommencé à percer ses paupières.

Bizarrement, c'est moi qui lui ai offert le café. Mais il ne répondait plus. Kevin Summers ne s'opposa pas quand je me levai. N'intervint pas quand j'investis sa cuisine, ouvrant tour à tour les portes d'armoires, du frigo, la fenêtre pour aérer encore une fois. La tension plus que la chaleur. Mes mouvements étaient mécaniques, mais je ne pouvais plus tenir sur ce canapé. Il me fallait bouger. Faire n'importe quoi. Le café avait été ma première idée.

Il n'avait pas bougé lorsque je suis revenue au salon.

– Sucre ?

– Noir.

Ce sont les deux seuls mots qui furent prononcés au cours de la demi-heure suivante. Dans ma tête, les réflexions tourbillonnaient sans arrêt. Il était clair qu'avec ces informations, n'importe quel policier en arriverait aux mêmes conclusions que moi. Une enquête serait automatiquement instituée.

Il savait. À répétition maintenant, il ouvrait les yeux, me fixait un moment, et refermait ses paupières, sombrant de nouveau dans une espèce d'état semi-comateux.

Une seule fois, il tenta une phrase qui tomba lourdement dans notre silence.

– Je n'aimerai jamais plus comme j'ai aimé Jonathan…

Je devinais qu'à sa façon, il me disait qu'il ne commettrait jamais plus ce qu'il avait vraisemblablement commis.

– Raconte-moi.

Je savais désormais qu'il savait à quoi je réfléchissais. Il se redressa, contre toute attente. Il me regardait fixement maintenant.

– Il n'y avait rien de prémédité, je le jure.

– Je te crois…

– J'ai demandé à Sam de venir me rejoindre dans le gymnase à 2 heures du matin. Il est venu. J'étais hors de moi. Lui, je crois qu'il était gelé… Il était clair qu'on en viendrait aux coups, et il était prêt à me faire face. C'était un champion de boxe. C'est lui qui a provoqué le premier. Je le traitais de fumier, de tous les noms inimaginables. J'attendais le premier coup. Je l'attendais comme je n'avais jamais attendu un coup. Il s'est finalement élancé. Mon pied est parti. Un réflexe de karaté. Un réflexe de survivant, je dirais… Honnêtement, dans l'état où j'étais, je ne peux pas te dire ce qui a traversé mon cerveau. Tout ce que je peux dire, c'est que le coup que j'ai donné à sa nuque, je le connaissais. Je savais ce qu'il pouvait provoquer…

– Et tu as réussi…

– Immédiatement. Quand il s'est effondré, je savais. Le reste, je te jure que je ne m'en souviens plus. C'est comme un brouillard dans ma tête. Tout ce que je sais, c'est que j'avais décidé de simuler un accident. J'ai décroché un gros appareil du plafond et je l'ai laissé tomber au sol, pour m'assurer que l'effet serait le bon, pour qu'on puisse croire qu'il était réellement tombé. Je l'ai ensuite placé sur lui. J'ai étudié mon scénario. J'ai ajusté son corps pour que la scène soit crédible. Et je l'ai laissé là. Inconscient.

Il n'y avait plus de larmes dans les yeux secs de Kevin Summers. Mais ils étaient éteints. Complètement.

– Kevin…

Cette fois, je m'étais approchée de lui.

Il ne bougeait pas.

Je fis ce soir-là quelque chose d'inouï. Un geste que je ne m'expliquais pas. Je m'assis sur le bras du sofa, je pris sa tête entre mes mains et je donnai un baiser sur son front. Pour Jonathan Duval. Pour Simon. Pour les parents de Jonathan Duval. Pour moi. Et surtout pour lui.

Il me sourit. Je ne m'y attendais pas.

– Je suis prêt.

C'est tout ce qu'il dit. C'était, semble-t-il, ses dernières paroles ce soir-là. Et honnêtement, je pensai que ça pouvait aussi être les dernières paroles de sa vie.

Il était prêt à quoi au juste ? Prêt à ce que je le dénonce ? Prêt à mourir ?

Je commençais à être un peu paniquée. Les questions sortirent de ma bouche sans contrôle.

Il se leva, se dirigea vers la porte et mit sa main sur la poignée.

– Ne crains rien. Je suis prêt à vivre avec ce que j'ai fait.

Avant d'ouvrir la porte, il me retourna la politesse. Il prit simplement ma main, déposa un bec sur ma paume et me dit merci.

Ce fut tout ce qu'il dit.

Samedi 16 novembre, 1 heure

Je n'avais pas encore dormi, sinon quinze minutes à peine. Mon cerveau était dans une brume tenace et mes pensées voguaient désormais vers le nord.

Je me relevai, m'installai à mon bureau et m'exécutai.

Bonsoir... ou bonne nuit capitaine...

Tu sais un peu quelle sorte de journée j'ai passé la première fois où l'on s'est vus? J'en ai passé une autre du genre aujourd'hui. Trop d'émotions. Trop d'intensité. Juste trop.

Si tu étais sur la terre ferme aujourd'hui, je t'aurais sollicité d'urgence pour un poulet aux arachides... J'ai beau avoir la chance inouïe d'avoir un frère jumeau qui sait lire en moi, cette fois-ci, c'est à toi que j'aurais voulu parler. Me confier. Pire encore, j'aimerais ce soir me retrouver au beau milieu d'un océan. Seule ou pas, je ne sais pas. C'est dire.

Merci pour la magnifique somme d'information que tu m'as acheminée. J'en prendrai bien soin. Et je prendrai bien soin de ton amitié. Dis-moi, ça tient toujours ce resto à ton retour? Donne-moi une date que je la grave sur mon calendrier... :o)

Merci pour tout. Merci d'être là.

Laura.

Je savais que si j'attendais au petit matin, je n'enverrais jamais ce courriel alors j'ai agi. Sans penser. La nuit était trop trouble pour que mon cerveau fonctionne normalement.

Je suis restée plantée là à fixer mon écran. Puis à relire le message qui venait bel et bien d'être envoyé, quand je vis un petit chiffre rouge s'allumer, m'indiquant qu'un message venait d'arriver.

Laura…

Tes mots viennent de mordre mon cœur. Je te sens seule. Je voudrais être à tes côtés. Sans poulet. Sans arachides. Sans rien. Je me sens terriblement loin. Est-ce que tu serais offusquée si je te disais que ce soir, je voudrais sérieusement te prendre dans mes bras ? Il serait risqué de dire un mot. Pas un seul. Je voudrais juste goûter au silence. Avec toi.

Faisons les choses ensemble, si tu le veux bien.

À la fin de ce courriel, lève-toi, trouve ton lit et couche-toi en prenant bien soin de te réchauffer avec toutes les couvertures qui seront à ta disposition. Je dors avec mes bas ici… Fais-en autant si ça te chante :o) Et là, bien au chaud. Les yeux fermés. Répète avec moi :

15 janvier… 15 janvier… 15 janvier… Sans arrêter. Jusqu'à ce qu'on s'endorme ensemble.

Mitch xxx.

Samedi 16 novembre, 10 heures

Mon père avait repris le même manège réjouissant. Il avait le journal entre les mains quand je suis descendue à la cuisine, le sourire radieux. En me voyant, ma mère a tenté de le lui prendre, sans succès. Simon trouvait la scène très drôle.

– Juste pour lui montrer ! ripostait-elle, en feignant de se battre un peu avec lui, tapotant son bras bien plus qu'elle le cognait, comme elle tentait de nous faire croire.

– Tasse-toi ! Je n'ai pas fini ! gémissait mon père, embarquant dans son jeu.

Ils avaient beau être dérangeants parfois, j'avais des parents adorables. Même quand ils se changeaient en enfants.

J'ai bien tenté de partager leur enthousiasme, mais il me tardait de retourner à mon ordinateur. Ce que je fis, en compagnie d'un muffin et d'un verre de jus, après quelques politesses d'usage. Je prenais désormais plaisir à ces rendez-vous avec moi-même devant l'écran. Ça se passait entre les mots et moi.

Ça se passait d'une drôle de manière d'ailleurs. Bien souvent, je ne savais pas exactement s'ils seraient là. Les mots. Pourtant, ils me faisaient rarement faux bond. D'une fois à l'autre, je ne pouvais les tenir pour acquis et pourtant ils arrivaient. Presque comme par magie parfois.

Le portrait de Jonathan Duval sortit d'un trait. Les mots défilaient. Bien sentis. J'osais à peine me relire. Tout y était. Toute l'histoire. Toute. Ses problèmes en anglais. Son homosexualité. L'amour de Kevin Summers. Sam Handfield. La vidéo. La nuit au gymnase. Les aveux de Kevin, avec citations. Tout.

Au bout d'une heure et demi, je ne me relus qu'une seule fois. Je fis imprimer cet article en deux exemplaires. Je mis le premier dans une enveloppe bleue et je la cachetai avec, à l'intérieur, le DVD. Je mis le deuxième exemplaire dans une enveloppe rose, sans DVD, et je la cachetai.

J'allai me chercher une banane cette fois, avant de reprendre l'article au grand complet pour une épuration en règle. Tout le drame de Jonathan Duval restait là. Tout son profil y était. Je décrivais sa personnalité, ses talents, ses ambitions, son milieu familial, les voyages de chasse, les tournois d'échecs. Puis je décrivais sa vie à l'école, l'intimidation, les sobriquets, les mésaventures avec certains élèves dont je taisais les noms. Ils se reconnaîtraient bien assez. Puis je reprenais avec les cours de karaté prévus en avril. Avec Cognac le chien. Je retirai le reste.

Je fis imprimer le tout en deux exemplaires. J'enfilai le premier dans une chemise verte. Le deuxième dans une enveloppe mauve.

Et je téléphonai Zoé.

Nous n'avions pas choisi d'aller au cinéma cette fois. Ce samedi soir-là, nous étions seules chez elle. Ses parents étaient à un souper chez des amis et, comme elle était fille unique, nous avions la maison à nous.

Nous avons opté pour le menu de notre enfance. Macaroni au fromage et saucisses hot-dog. Sans oublier le gâteau au sucre à la crème de sa mère. Nous avons ri. Nous avons partagé les dernières nouvelles, sauf celles de Kevin Summers. En revanche, je lui ai confié mes derniers messages avec Ian Mitchell. Elle en avait presque bavé. Je choisis sournoisement ce moment pour tenter de la convaincre de dévoiler ses sentiments à Thomas. Sans succès. Ceci dit, même sur ce sujet, nous n'avions plus de secrets désormais.

Elle avait visiblement convenu de s'en faire une raison. Thomas ne faisait finalement pas seulement l'objet d'une série de mises en scène romantiques rocambolesques. Il était devenu un acteur de premier plan dans le cœur de mon amie qui ne savait plus trop que faire de ces nouveaux sentiments avoués. Je tentai de nouveau de la convaincre de jouer cartes sur table. Sans succès. Zoé avait la nette impression qu'il la considérait comme un membre de la famille, «une petite cousine fatigante mettons», suggérait-elle.

Quand je réalisai que je ne pouvais pas jurer qu'elle avait tort, je cessai d'insister.

La salle de rédaction était en pleine ébullition. Jimmy Savard pavanait, et je devais avouer qu'il avait raison de le faire cette fois. Notre « journaliste vedette » était effectivement parvenu à obtenir une entrevue avec le ministre de l'Éducation. Rien de moins. Il avait cinq minutes réservées avec lui, au téléphone, mercredi. C'était court, mais c'était aussi un coup d'éclat pour un élève de quatrième secondaire.

Richard Dunn ne pouvait s'empêcher de sourire quand il nous annonça du même coup que, pendant le temps des fêtes, avec tous les journalistes qui tombaient en vacances, la direction du *Courrier Belmont* lui avait offert exceptionnellement de laisser à un élève l'honneur de faire la toute première page du journal. À la place des vrais journalistes. Ils avaient même négocié avec le syndicat, et les journalistes « officiels » étaient d'accord !

Richard Dunn se réservait dès lors le choix de conserver, parmi les papiers qu'on lui fournirait d'ici là, lequel serait ainsi publié avec les grands honneurs. Jimmy Savard ne se pouvait plus. Sandrine croyait encore en ses chances. Samuel semblait résigné.

J'avais jusqu'au jeudi 17 heures pour lui remettre mon propre article. Le jour venu, j'avais opté pour le portrait de Jonathan Duval, et c'est avec la tête haute que je lui remis la chemise verte contenant la version épurée, sachant très bien que la « une » du fameux journal irait à Jimmy et à son ministre de l'Éducation. Et je savais que Richard Dunn aurait raison. Pire que ça, j'en étais sincèrement ravie.

Vendredi, 22 novembre

Il était 17 h 30 quand je me pointai au gymnase de Kevin Summers. Il esquissa brièvement un sourire de côté à mon intention, poursuivant son cours avec une rigueur qui lui faisait honneur. Une fois les élèves partis, il me fit la surprise de m'inviter chez lui.

Il prit la peine de faire du café cette fois. Nous avons jasé de tout et de rien pendant un bon moment, lui sur son fauteuil, moi sur le canapé. Il était 18 h 15 quand il me toisa.

– Je me demandais bien quand tu allais rappliquer… dit-il, ne pouvant cette fois dissimuler sa nervosité.

– Tu sais, l'autre jour, tu m'as dit que tu étais prêt à vivre avec ça…, lui répondis-je.

Il se raidit, mais souligna clairement, résolu :

– Je suis prêt à vivre avec mon geste.

– Alors moi aussi.

Je plaçai les trois enveloppes sur la table à café avant de déposer deux becs sur ses joues en lui souhaitant un Joyeux Noël bien senti, avant de partir. Sur la bleue cachetée contenant la totalité de l'histoire et le DVD, il y avait son nom. Sur la rose présentant la même version, mais sans DVD, il y avait celui de Rachel Duval, et sur la mauve, contenant la version épurée, j'avais écrit *Le Courrier Belmont*, pour qu'il soit informé de ce qui resterait entre nous, de ce que j'allais remettre à Mme Duval et de ce j'avais soumis à mon journal et qui allait être publié le samedi.

En entrant à la maison, je retrouvai Thomas dans tous ses états. Le mystère planait et il retardait sans arrêt le moment de me dire ce qu'il mijotait cette fois. Je devais toutefois lui dire si sa tenue vestimentaire était de bon goût...

Il était vraiment beau.

– Je dois savoir pour quelle occasion tu t'es mis sur ton trente-six si tu veux que je te conseille comme du monde... insistai-je.

– Ben... je suis un homme d'honneur, tu sauras...

Sa mine embêtée me fit sourire. Il était plutôt rare que Thomas laisse tomber la grande image d'assurance qui lui seyait si bien. Je dus même avouer que la vulnérabilité lui donnait un charme que je ne soupçonnais pas.

– Mais qu'est-ce que l'honneur vient faire dans ton vendredi soir... Tu vas où, là? Est-ce que tu me le dis ou est-ce que je dois ouvrir une autre enquête?

– Tu vas me dire que tu ne sais pas que j'ai promis un souper à Zoé pour... service rendu?

– Bien sûr que je le sais. Voyou! pestai-je.

Il était pantois devant moi. Je me radoucis rapidement.

– Tu es vraiment beau, Thomas... Si tu m'avais demandé de choisir pour les circonstances, je n'aurais pas fait mieux... Et si tu sors avec Zoé ce soir... sifflai-je, je comprends que tu aies pris un soin particulier à ta tenue vestimentaire.

Je rigolais. Lui pas.

– Par contre, il y a quelque chose que je ne comprends pas… C'est d'aller souper avec mon amie Zoé qui te rend si nerveux?

Il était visiblement embêté.

– Je sais… Je ne sais pas pourquoi ça me rend nerveux comme ça… bredouillait-il. Tantôt, si je ne m'étais pas retenu, je lui téléphonais et j'annulais tout! Mais tu imagines le nombre d'années que j'en aurais entendu parler?

Il souriait maintenant, un sourire qui s'estompa toutefois rapidement quand la sonnette de la maison retentit.

– Tu permets que j'aille la saluer? questionnai-je.

– Ben voyons, c'est ta chum… Arrête ça, dit-il en me faisant signe de le suivre.

On était au beau milieu des marches quand je l'arrêtai, en le retenant par le bras.

– Thomas…

– Quoi! Elle attend, là…

Il était plus que nerveux.

– Dis-moi… Quand tu réaliseras pourquoi tu es si nerveux, tu voudras bien me le confier?

– Beeeen oui… soupira-t-il.

Il ne réalisait absolument pas ce que je lui demandais, ni ce qu'il promettait. Il avait les yeux un peu perdus, je dirais.

En voyant Zoé, je constatai qu'elle avait le même air égaré. Et que dire de sa nervosité… Elle en profita pour me tomber dessus, soulignant qu'elle avait tenté de me joindre autant comme autant en après-midi… Je lui promis que je lui expliquerais tout le lendemain mais qu'elle devait, pour cela, me réserver au moins une petite heure de son samedi… Et j'en profitai pour lui décocher un clin d'œil prononcé en refermant la porte sur eux.

Je rigolais intérieurement en remontant les marches de l'escalier vers ma chambre. Mon sourire était double, en fait. L'un d'eux était pour eux, et l'autre accompagnait ma nouvelle chanson, qui ne comportait qu'un refrain. Incessant. Étourdissant. Excitant.

« 15 janvier… 15 janvier… 15 janvier… ! »

FIN

Merci :

À Stéphane, pour l'amour et les multiples sources d'inspiration.

À mes parents, pour leur support indéfectible.

À Bryan et Gabrielle, pour la solide confiance.

À Sylvain, pour l'un de mes personnages chouchous.

À mes premiers lecteurs : Patricia, Céline, Sylvain, Éric, Roxanne et Vincent, pour la gentillesse.

À Marie-Claude, pour la disponibilité et l'amabilité.

À mes collègues et patrons du Nouvelliste, pour les encouragements et la liberté de créer.

À Marie-Ève, pour un certain droit d'auteure.

À Mireille, pour le support et le professionnalisme.

À Jean-Guy, expert en arts martiaux.

Suivez Laura St-Pierre sur